まるまる、フルーツ

おいしい文藝

河出書房新社

おいしい文藝

まるまる、フルーツ

河出書房新社

まるまる、フルーツ　もくじ

まるまる、フルーツ

装幀・装画　野村浩

いちごの贅沢

阿川佐和子

子供の頃、学校の行き帰りの道ばたで野いちごを見つけると、むやみに感動したものである。赤い実の、その実を構成している小さな丸いつぶつぶの、一つ一つがなんとぴかぴか光っているのだろう。まるで宝石のようだ。赤い宝石のまわりには、細かい毛をまとったやさしい緑色の茎やつる、そして葉っぱどもが、まるで忠実な家来のように取り囲む。ときどき緑の隙間から、可憐な白い花が顔を覗《のぞ》かせている。これはさしずめ赤いいちご姫をお守りする侍女だな。あれこれ想像をふくらませながら、しばし見とれる。そのうちに、どうしても一つ、食べてみたくなる。

しかし待てよ。このいかにもかわいらしい赤い実は、もしかして毒を含んでいるかもしれない。毒いちごと大丈夫いちごの区別がつかない。一粒口に入れたとたん、かの白雪姫が毒リンゴをひとかじりしたときと同様に、およよと倒れて死んでしまうおそれもある。

そう思いながらも、やっぱりつまんでみたい。どうしよう、やっぱり怖い。でも食べたい。この思いを押しとどめるために、ずいぶん苦しんだ。いちごと聞くと、今でも少々興奮気味になるのは、あの頃の苦悶の記憶が蘇るからかもしれない。

いちごを買ってくる。さてどうやって食べようか。ここが迷いどころである。

私は昔、牛乳が嫌いだったので、いちごミルクにして食べることにあまり興味が湧かなかった。今でも忘れられないのは、たしか小学一年生の頃、家族で出かけた帰り、いただきもののいちごの箱を抱えていたので、「帰ったらこれをいちごミルクにして食べよう」と父が言い出したのに対し、よせばいいのに、反論した。

「このいちご、生クリームで食べたい」

小声で呟《つぶや》いたつもりだったが、父の耳に届いてしまったらしい。たちまち、

「なんだと！」

と怒声が響き渡った。

「生クリームで食べたいだと。なんという贅沢《ぜいたく》な娘だ。生意気だ。どういうつもりだ！」

父の機嫌はしばらく直らず、私は恐ろしさのあまりわんわん泣き出し、母が取りな

そうとすると、父はますます機嫌が悪くなる。母が泣き、その母の泣き顔を見て、兄がもらい泣きを始め、それを見て私はさらに激しく泣き続け、たった一言で一家離散寸前の大騒動に発展し、そして私は学んだのであった。

贅沢は敵だ。

しかし本心は、やっぱり生クリームで食べてみたかった。その贅沢を知ったのは、たしかいちご騒動より少し前、近所の友達のお母さまが、「私が焼いてみたんですけど」と、いちごが山のように載ったショートケーキを持ってきてくださった。そのおいしかったこと。スポンジは黄色くてきめが粗い。そのぼそぼそ加減が、市販のなめらかスポンジと違って新鮮で、ぼそぼそスポンジのうえに載っているホイップクリームがまた、市販のものほど甘くなく、いくら食べても飽きがこない。そこにピチピチしたいちごの酸味が、絶妙なコンビネーションとなって絡み合っている。

ショートケーキってこんなにおいしいものなのか。幼児期の味の刷り込みは、のちのちにまで大きな影響力を及ぼすものと思われる。

もっとも大人になるにつれ、少しずつ牛乳も好きになっていったので、今やいちごに牛乳をかけて食べることも厭《いと》わない。たまに「贅沢は敵だ」と心で念じつつ、生クリームを買ってきて、ごく少量の砂糖と混ぜ、ホイップしないでそのままいちごにかけて食べることもある。

　もう一つ、大人になって覚えた、大人の食べ方がある。

　まずいちごを、フォークの裏でほどよくつぶし、赤い実がどろんとつぶれ、赤いジュースが染み出してきたら、そこへ砂糖を適量入れる。それから、高級である必要はまったくないが、どこかでくすねてきたブランデーを、少し多めにトクトクトクッと注ぐ。お酒が苦手な人は食べないほうがいいであろう。こんなにたくさん入れて、ちょっともったいないんじゃないのと、まわりから非難を受けるぐらいトクトクッと入れたら、全体をフォークでざっとかき混ぜて、ラップでカバーをし、冷蔵庫に入れる。

　季節にもよるが、冷蔵庫でひんやり冷えるまでしばらく待つ。すると、冷えると同時に、いちごのジュースとブランデーが具合良く化学変化を起こし、実にまろやかな、いちごジャムでもない、はたまたいちごジュースでもない、その中間あたりの生の鮮度をじゅうぶん保った、いとも不思議な「いちごドロンデザート」が出来上がる。

　これを作るとしかし、一箱のいちごもあっという間にペロリとなくなる。我ながら、贅沢な食べ方だと思う。生クリームより贅沢な、こんなことをしていると知ったら、父は何と言うだろう。一人暮らしでよかった。

イチゴ

是枝裕和

こどもの頃の誕生日の記憶というものがあまりはっきりと残っていない。本が欲しいと言えば母は多少無理をしても買ってくれたが、誕生日やクリスマスといった特別な日にプレゼントを贈り合うような習慣は是枝家にはなかった。だからサンタクロースの存在を信じたこともなければ、そんな話題が食卓に上ったこともない。遅く生まれた子で、両親とも大正生まれだったことも影響しているのかも知れない。

しかし母の誕生日は12月24日だったこともあって良く覚えている。僕が小学生の頃、母は近所にあった不二家《ふじや》のケーキ工場にずっとパートで働きに行っていた。仕事が終わるとクリームがはみ出してしまったシュークリームや型の崩れたチョコレートケーキをもらって帰って来たので、おやつにはこと欠かなかった。しかし一番好きだったショートケーキは崩れにくかった？ のか、人気が高かったのか、滅多にお目にかかれなかった。だからなおさら母の誕生日にだけ食べられる崩れていないイチゴのショートケーキは特別な存在だったのだ。

イチゴと言えば幼稚園の時、一番の仲良しだった床屋のあっちゃんの家に遊びに行って、初めて練乳をかけて牛乳にひたして食べた。「こうするんだ」と教えられるままにスプーンでイチゴをつぶし、そのイチゴをすべてたいらげたあとに残ったピンク色の牛乳を飲んだ。この美味しさは衝撃的だった。これは黙っているわけにはいかない。家に帰って早速母に報告したが、あっちゃんのお母さんと仲の悪かった母はとりあおうとしない。「イチゴはイチゴの甘さだけでそのまま食べたほうが美味しいに決まってるわよ」と。

しかし程なくして是枝家の食器棚にも底が平らになったスプーンが用意されるようになった。何故か練乳ではなく砂糖を牛乳に混ぜて食べるやり方が定着したのだが、どんなケーキよりもこのイチゴミルクが僕の中では最高のおやつであり続けた。

私事ではあるが、本日6月6日、僕は49回目の誕生日を迎えた。家に帰って久しぶりにあのピンク色の牛乳でも作ってみようかしら。

いちごの風合

田辺聖子

いちごは、もともと、私の大好物であった。

そのまま、さっと洗ってすぐつまむのもよく、洗ってヘタをとり、縁高《ふちだか》のガラス碗に盛り、ミルクと砂糖をかけてスプーンでつぶして頂く、というのも、私の好みであった。いちごは潰れてミルクの白と和《あ》えられ、ショッキング・ピンクというような、陽気な、美しい彩りになる。それも好もしいが、いちごの甘みに砂糖が加わり、牛乳にほとびて、それは天来の風味、というべき極上のごちそうになる。

人間のたべものとして、これほどの愉楽があるだろうか、というようなもの。

その楽しみが、奪われてしまった。

いちごに異変がおこった。

いまのいちごは、いちごに似て、実は非なるものである。

非いちごはまず、すごく硬い。いまや、私の老いの指の力ぐらいでは潰せない。元来、いちごはつぶれやすい柔らかいくだもの、それゆえ、摘果・運輸の便をはかって、硬いいちごを作ったのかもしれないが、こんなに硬くては果物といえない。

非いちごは一粒が必要である以上に大きい。いちご美学からいえば、もうちっとばかり、小粒のほうがたのしい。大粒でも、美味ならゆるせるが、これが甘くも何ともない。ハッキリいって、まずい。これじゃ、取り柄がないじゃないか。

そりゃあ、廉《やす》いのを買ったんじゃないですか、といわれそうだが、いろんな店で買っても同じ、頂きものも同じだった。いちごの風味が感じ取れない。

フシギだなあ、……と思い思い、次のをたべ、〈うそ。うそでしょ、これがいちごだなんて……〉と思いつつ、もう一つたべてみるが、やっぱり甘くもかぐわしくもなく、ただ、〈腹ふくるる〉わざとなるばかり。三つ四つたべると、腹ごしらえができるほどのボリュームである。――当惑感と欲求不満があとへ残った。

ヘンだなあ、……というのが、今まで毎年、抱きつづけてきた私の疑問であった。ただ、いちごの季節は短いので、すぐ終り（今はもう、季節に関係なく、年中あるが）次のくだものの季節にうつるので、いつとなく忘れ、また次の年のいちごに出会って、

〈やっぱりだ、やっぱり、ヘンだ。むかしのいちごじゃないよーん。どうしてくれるのさ！〉

と失望するのである。ここに至って、やっと結論が出た。いちご世界に異変がおきてるのだ。

見た目はいかにもおいしそうに赤く熟《う》れ、たっぷりと大きく、黒い点々（この点々の歯ざわりは、いちごを口中に含んだときの歓びのひとつ）も可愛い。〈絵にも描けないおいしさ〉を、誇示する如くである。

ところが一個を期待こめて口へ入れたとたん、〈あ、そうだった……〉と去年の失望を思い出す。今年もまた、非いちごの出廻る季節となったんだ……と思う。

ほんもののいちごをたべたい。いちごはかつて、童話の世界のシンボル、お伽の国の妖精といった連想を伴うやさしいくだものだった。

しかしそれは今や過去の幻となり果て、ずうずうしい巨体と化した非いちごが、甘みも酸味もない、単調な果肉をどっさりつめて、ごろんとそこに横たわっている。大きいだけに、よけい目ざわりだっ！

いちごの風味、というか、風合《ふうあい》が失われてしまったのだ。

私たちは、たいていの場合、日常のよごれ物は洗濯機にぶちこみ、スイッチ一つでかたづけてしまう。そしてドレスだの、スーツだのはクリーニング屋さんを煩わせることになる。

しかしその他に特にお気に入りの、たとえばうすもののストールとか、ふんわりした手ざわりのショール、ぬくぬくとした、それでいて毛糸にじかにふれるようなチクチク感のない、暖かいびろうどの衿巻きとか首巻き、耳まで掩《おお》える毛糸編みの帽子、などをクリーニング屋さんに託して〈ていねいにお願いします〉と頼むのは、ただ、ただ、その子らの、〈風合〉を大事にしたいからである。やさしい手ざわり、風のような、音もなく降る雪のような、ある種の気韻《きいん》、としか、いいようのない感触、それをそこないたくないと思うからである。そのものを、そのものらしく好ましくさせているもの、それが風合である。

もちろん人間にも、その人なりの風合がある。人それぞれの風合の批判などはできない。

しかし、あのひとに会える、と思っただけで嬉しくなるとしたら、その人の風合が自分によく馴染み、親しみを生れさせるからであろう。

それでいえば、今日びの非いちごには、いちごの風合がないのである。

いちご業界にも、言い分があるだろうけど、ケーキのトッピングのような見てくれだけのいちごばっかり作って、本もののよさを忘れ、

（どうなるんだろう？……）

と、ただただ、私は不審なのである。ケーキトッピングのいちごはクリームまみれになって、一見おいしそうだが、食べるとまずい。

しかしそれは小粒だからまだ許せる、というもの、大粒で無味、硬い果肉の非いちごはなんとしよう。ごろんと横たわっているだけじゃないか。困ったもんだ。

いちごの、本来持てる香気、清純なたたずまいの、色、かたち、そして味わいの品のよい甘み。それら、本来の〈風合〉をまったく欠いた、似而非《にせ》いちごは、私を途方にくれさせる。

誰かがこの非いちごを作り出し、それを広め流通させたのであろうが、買い手がまず、

〈風合がないじゃないか、いちごの〉

と声をあげなければしょうがないと思い、日本文化のために私は……と、ここまで書いたが、ナニ、ほんとは昔みたいなおいしいいちごを、またたべたい、というだけのこと。

さくらんぼ

巖谷國士

好きな果物はと問われたら、さくらんぼと答える。ほかにも好物はいろいろあるのに、まずさくらんぼと答えてしまうのは、なんだか子どもっぽいような気がしないでもないけれど、やむをえない。私のさくらんぼ好きの歴史（？）は古く、遠い幼児期に由来するからである。

一九四三年に東京で生まれた私は、戦争中の疎開というものを経験している。父を兵隊にとられ、アメリカ軍による大空襲がはじまっていた一九四五年の春のはじめに、母と二人の祖母につれられて上野駅から北へ旅立ち、山形県の米沢《よねざわ》市、ついでその近郊の知己の家を借りて、一年半ばかり滞在していたらしい。

「らしい」というのは、まだ二歳の幼児だったのでおぼえていないからだが、のちに母や祖母たちのしてくれた思い出話によると、どうやら体のほうにはいくらか記憶がのこっているようだ。

そのひとつが、さくらんぼ好きである。いまでもさくらんぼというとまず山形県だろうが、疎開先のあちこちにもその果樹があった。いわゆる日本の桜ではなく、おもにセイヨウミザクラという木で、花もきれいだが、初夏のころ、あのかわいいピンクに色づく果実のありさまはなんともいえない。

戦争末期の物資不足のさなかに、女性三人と幼児一人だけの家族はずいぶん苦労をした。薪《たきぎ》ひろいや山菜とりをしたり、大切な和服を米などにかえてもらったりして、なんとか食料を確保したらしい。

敗戦の年の東北では、めずらしく六十何年ぶりかで笹の実がなった。飢饉《ききん》から人を救うこともあるという不思議な自然現象である。だが、農家でその実を粉にしてなにか揚げたものをもらって食べたために、二歳の私は腸をやられ、いちど死にかけたという。

その窮地を脱したあと、甘くて食べやすくて栄養のあるものといえば、まずなによりもさくらんぼだった。夏のはじめに農家でわけてくれるそれを、私は飽かずに食べつづけた。母方のまだ若かった祖母に背負われて近所を行き来するあいだに、籠いっぱい食べつくしたという話も聞いている。

もしかすると、私が今日あるのはさくらんぼのおかげだったのかもしれない、と思ったりするほどである。

その結果としてだろうか、いまでもさくらんぼを見ると、なんだか懐かしいような切ないような気持になる。丸くて小さいあの形。ピンクの濃淡にうっすらクリームもまじるあの色。つるりとした表面の艶《つや》。

世の中にこれほどかわいいものがあるだろうか、と感嘆してしまったりする。

毎年の梅雨のおわるころになると、まだかな？　と思いはじめる。疎開先の米沢ではないけれど、山形市の旧家に嫁いでいる女性の友人から、さくらんぼの箱が送られてくるはずだからである。

その包みをあけたときのかすかに甘い香気と、丸くみずみずしく艶やかなピンクの果実の列に、つい歓声をあげたくなる。

そして、なにかしら切なくて懐かしい思いにかられながら、しばらく一心に食べつづける。

決闘とサクランボ

村上春樹

サクランボは好きですか？　僕の場合、もともととくに好きではなかったんだけど、高校時代にプーシキンのある短篇小説を読んで、それ以来すっかり好物になった。一時期はサクランボばかり食べていた。

どうしてプーシキンを読んでサクランボをよく食べるようになったのか、とあなたは尋ねるかもしれない。あるいは尋ねないかもしれない。でもいちおう尋ねるものとして話を進めます。「おまえがサクランボを好きになろうが、スイカを嫌いになろうが、そんなことどうでもいい。忙しいんだから」という方は、この先を読まなくていいです。それほど多忙な人はまあ、最初からこんなエッセイ読んでないだろうけど。

プーシキンに『その一発』という短篇小説がある。十九世紀のロシアの話。青年士官シルヴィオは、新任の士官とどうしてもそりがあわない。新任の士官はハンサムで育ちが良く、若くて金持ちで頭も良く、性格も陽気でみんなに好かれる。すぐに部隊の花形になり、舞踏会では女性たちが彼のまわりに群がる。シルヴィオはかつてはそれなりに目立つ存在だったのだけれど、今ではその新任の士官にすっかりお株を奪われ、当然のことながら面白くない。

二人は軽い衝突を繰り返した末に、遂《つい》に決闘ということになる。十九世紀のロシアでは決闘は珍しいことではない（プーシキン自身、決闘で命を落とした）。シルヴィオは緊張した面持ちで早朝の決闘の場に臨むのだが、相手のハンサムな士官はサクランボを食べながら、どうでもよさそうな顔つきでその場にやってくる。サクランボを入れた軍帽を手に、ひとつ食べてはふっと気楽に種を吐き出す。

それを見てシルヴィオは更に頭に血が上る。命をかけたこの果たし合いも、相手にとっては日常の一こまでしかないのだ。自分が今朝このまま命を落とすかもしれないということすら、人生の些細《ささい》なエピソードに過ぎないようだ。シルヴィオはひどく侮辱されたように感じる。

まずハンサムな士官がピストルを撃ち、外す。今度はシルヴィオが撃つ番だ。でもそこに至っても、相手は無頓着《むとんちゃく》にサクランボを食べ続けている。シルヴィオは構えた銃を下げる。「この一発を撃つ権利を、私は保留したい」と彼は言う。死の恐怖を感じない相手を射殺したところで、そこに何の意味があるだろう。
そこから話はどう展開するか？　面白い小説なので、もし興味があったら自分で読んでみてください。この手の話の結末を明かすわけにはいかない。

この話を読んでから、よくサクランボを食べるようになった。僕は舞踏会で女性に取り巻かれることもなく、決闘騒ぎを引き起こすこともなかったけど、サクランボを食べるときはいつもこの小説を思い出して、死を恐れぬ若者の気持ちを（いくぶんは）気取ることができた。サクランボを入れた紙袋を手に、それを悠然と食べながら街を歩いたり、バスに乗ったり、映画を見たりした。今でもたまにサクランボを食べるけど、どれほどクールにふっと種を吐き出しても、昔のように「怖いもの知らず」という気持ちにはなれない。たぶん実際にいろんな怖いものを目にしてきたせいだろうな。

今週の村上　伊丹《いたみ》空港にグリコのランナーの看板があり、「ぼくといっしょに写真とりまへんかー」と書いてあった。もちろんとったけど。

サクランボを食べながら

三浦哲郎

山形に住んでいる学生時代の友人が、サクランボをどっさり送ってくれた。なかに手紙が入っていて、

『サクランボの山を見たら、おまえのことを思い出した。食い飽きたら、娘さんたちに首飾りでも作ってやってくれ』

そう書いてあった。

この友人は、早稲田の仏文科の級友で、一緒に同人雑誌をやった仲間でもある。そのころは目白の駅近くの姉さんの家に同居していて、二階の洒落た洋間を自分の部屋にしていた。私たち雑誌の仲間は、彼のその部屋のことを〈目白グリル〉と称して、しばしば帰りに立ち寄ったり、合評会の会場にしたり、雑誌の発行を知らせるポスタ

ー作りの作業場にしたりしたものだが、グリルというのは、彼がそのころの学生には珍しく、コーヒー沸《わ》かしのサイフォンだの、トースターだの、ミキサーだのを部屋に備えていたからであった。

その上、このグリルのあるじは、自分で作品活動をするよりも、同人たちの作品を静かに鑑賞したり、貧しい同人たちの面倒を見てやったりすることの方が性に合っていたらしく、私たちが腹が減ったというと、片手でちょっと待てという合図をして、バターをたっぷり塗ったトーストを作ってくれた。喉《のど》が渇いたといえば、黙って駅前の店から季節の果物を買ってきて、ミキサーでフレッシュ・ジュースを作ってくれた。それが、大学の近所の喫茶店のよりはずっと旨《うま》くて、私たちがお世辞ではなく、「こいつあ旨い。」などといったりすると、彼はいつもちょっと顔を赤くして、なにもいわずにうなずきながら、ふと忘れていた用を思い出したというふうに、そっと部屋を出ていくのがならわしであった。

そのころの彼は、日本の作家のなかでは太宰治が一番好きだといっていた。それで、よく私をグリルへ誘って、太宰治の話をしようといった。私は、いちど大学を中退して、郷里で中学校の教師をしていたことがあるが、その教師時代に太宰治の作品はほとんど残らず読んでいて、大抵の作品の書き出しの数行は、題名を見ただけで立ちどころに暗誦することが出来た。その上、私が太宰治と同県人だったから、彼は、太宰治に関しては私に一目置いていたのだろう。

いつか、彼に誘われて、早稲田から歩いて目白の家へいく途中、果物屋の前を通りかかると、店先に旨そうなサクランボが出ていた。勿論《もちろん》、私たちは太宰治に『桜桃』という作品があって、その命日を桜桃忌というのだということを知っていた。それで、「おい、サクランボが出ている。」と私は彼に振り返ってみせた。すると、「食うか？」と彼はいった。「悪くないね。サクランボをつまみながら『桜桃』を語れば、世の中で一番静かな桜桃忌になる。」私がそういうと、「なるほど。」と彼はうなずいて、その店からサクランボをどっさり買った。

ちょうど梅雨のさなかで、買ったサクランボを紙袋に二つに分けて貰《もら》って、一と袋ずつ抱えて帰る途中、傘からはみ出ていた袋が破けて、なかのサクランボがぽろぽろ道にこぼれ落ちていたのを、すれ違った学校帰りの小学生にそういわれて、拾いに戻ったことを憶えている。

私はいまでも、なにかの拍子に、学生時代のことがまるで昨日の出来事のように鮮明に思い出されて、自分でびっくりすることがあるが、いまは山形にいる彼も、雨降りに街でサクランボの山を見かけた途端に、もう二十年近くも前のあの日の記憶が稲妻でも浴びたようにまざまざと思い出されて、びっくりしたのではなかろうか。

私は、サクランボを食べていると、郷里の八戸の〈シンメンさんのおさかり〉と、やはり太宰治の『桜桃』のことを思い出す。

シンメンさんというのは、裏通りのナナヅヤという町内のはずれにある神明宮のことで、この神社の祭礼の日には、道の両側にサクランボを売る露店がずらりと出た。真っ赤なのもあり、赤黒いのもあり、全体に黄色味の勝ったのもあって、それらが畳一枚分ほどの板の上に山と盛られて、裸電燈の光を浴びていた。

買いにいくと、なにやら文字を染め抜いた手拭いで頭を包んだ女の人が、まず新聞紙で拵《こしら》えた袋にサクランボをざっと入れ、それを竿秤《さおばかり》のお皿にのせて、吊り上げて、竿の目盛に目を細めては、指先でちょこ、ちょこと分銅を動かす。それから今度は、袋のサクランボを三粒取ってみたり、二粒足してみたりして、なかなかふんぎりがつかない。それが、見ていて、じれったかった。

私は、〈シンメンさんのおさかり〉はもう何十年も見たことがないが、いまでもあんなにサクランボを売る露店が出るだろうか。

私が『桜桃』をはじめ、太宰治の作品を読むようになったのは、作者の歿後、何年もしてからである。太宰治が亡くなったとき、私は郷里の高校の三年生だったが、そのころはバスケットボールに明け暮れているスポーツ少年で、太宰治という作家がいるということすら知らなかった。

私は当時、八戸市内の稲垣さんという家に下宿していたが、稲垣さんでは『サン』という写真を主にした新聞を購読していて、六月のある雨の朝、玄関脇の四畳半で他の下宿生たちと一緒に朝飯を食べていると、早食いのひとりが白湯をすすりながら『サン』をひろげて、「あ、ダザイ・ジが死んだ。」といった。ダザイ・ジとは何者なのか、私には皆目《かいもく》わからなかったが、あとで『サン』を見て太宰治のことだとわかった。彼は、治をジと読んだのである。けれども、彼は驚きの声を上げただけまだいい方で、私などは、恥ずかしいことに、その新聞で初めて太宰治という作家がいて、しかもその人は私たちとおなじ青森県の生まれだということを知ったのであった。

翌年、私は高校を卒業して、早稲田の政経学部に入学した。荻窪の奥に下宿して、角帽に下駄ばきという恰好で大学へ通った。靴は軍隊の払い下げの編上靴を一足持っていたが、重くて、それだけでも腹が減りそうだったから、通学には履かないことにしていた。なにしろ、食糧事情の極端に悪い時代で、夕食が、ひょろひょろとしたサツマイモが皿に二本ということも珍しくなかった。

私は、政経学部に入ったけれども、将来、政治や経済の分野で身を立てようという気持は全くなかった。戦争中は筋金入りの軍国少年で、自分の生涯は長くても二十三歳までだと思い込んでいた私は、戦後、長生きするための道を選びあぐねて、ともかくつぶしの利きそうな政経学部に入ったのである。

ところが、大学の講義は、私にはすこしも面白くなかった。おなじ荻窪の、駅の近くに、郷里の高校で一緒だった船越君という友人が下宿していて、私は、往き帰りに彼のところへ寄って雑談することだけが楽しみで下宿を出る日が多かった。船越君は、立教大学の文学部へ通っていたが、私がよほど憂鬱そうに見えたのだろう、たまには気晴らしに小説でも読んでみるといいといって、新潮文庫を一冊貸してくれた。

それが、太宰治の『晩年』で、読んで私はびっくりした。寝転んで読みはじめたが、すぐ起き上ってしまった。『晩年』の巻頭は『葉』という短篇で、その『葉』の冒頭はこうである。

『死のうと思っていた。ことしの正月、よそから着物を一反もらった。お年玉としてである。着物の布地は麻であった。鼠色のこまかい縞目が織りこめられていた。これは夏に着る着物であろう。夏まで生きていようと思った』

死のうと思って、そうして死んでしまった肉親を二人も持っている私には、この文章は、こたえた。それまでの私は、死は恥であり、死のうと思って死ぬ者はその恥の塊りであると思い込んでいたのだが、この文章は、死のうと思う人、いわば死を操る人の繊細な心情を、私に教えてくれたのである。

私は、『晩年』一冊を二度繰り返して読んで、船越君へ返しにいった。どうだったと訊かれて、参ったと答えた。船越君は満足そうにうなずいて、そのうち一緒に太宰治の墓参りにいこうといった。

私が船越君に連れられて太宰治の墓所のある三鷹の禅林寺へ行ったのは、その年の十一月十日のことである。私は、日記をつけていたわけではないが、いま田中英光の命日を調べてみると十一月三日だから、私たちが禅林寺を訪ねたのが十日だったということがわかった。

なぜかというと、私たちが墓のありかを尋ねようと庫裏《くり》へいったとき、案内に出てきた寺男のような人が、問わず語りに、ちょうど一週間前に太宰さんの墓の前で田中英光という大男の小説家が自殺をはかって、これで病院まで運んだのだと、土間の板壁に立てかけてある大型のリヤカーを指さしてみせたからである。

私たちは、駅からくる途中、さんざん迷ってようやく辿《たど》り着いたので、もうあたりは暗くなりかけていた。墓石はみな書道の墨を立てたようだった。空にだけは、たそがれの明るさが満ちていて、遠くを走る電車の音が妙にはっきりきこえてきた。私たちは、墓碑銘を手探りで確かめてから、買ってきた花を手向けて、黙禱《もくとう》した。

桜桃忌は、毎年、各地から集まってくる愛読者たちで大賑わいの由だが、私はいちども出席したことがない。ああいう会には故人と親交のあった人たちだけが集まればいいので、私などは、ひとりでサクランボでも食べながら、好きな作品を読み返して

三浦哲郎

その日を過ごすのが相応しいのだと思っている。

私は、山形の友人にサクランボの礼状を書いて、『君のおかげで、僕は目白グリルのことを懐かしく思い出した。さっき茶の間に降りてみたら、家内が子供たちに首飾りを作ってやっていたので、僕は黙ってうなずいて出てきた——あのころの君のように』

そう書いた。

枇杷

武田百合子

枇杷《びわ》を食べていたら、やってきた夫が向い合わせに坐り、俺にもくれ、とめずらしく言いました。肉が好きで、果物などを自分から食べたがらない人です。

「俺のはうすく切ってくれ」

さしみのように切るのを待ちかねていて、夫はもどかしげに一切れを口の中へ押し込みました。

「ああ。うまいや」

枇杷の汁がだらだらと指をつたって手首へ流れる。

「枇杷ってこんなにうまいもんだったんだなあ。知らなかった」

一切れずつつまんで口の中へ押し込むのに、鎌首をたてたような少し震える指を四本も使うのです。そして唇をしっかり閉じたまま、口中で枇杷をもごもごまわし、長いことかかって歯ぐきで噛みつくしてから嚥《の》み下しています。歯ぐきで噛むということは顔の筋肉を歯のある人より余計上下させなくてはならないので大へんなことです。唇のはしに汁がにじみます。眼尻には涙のような汗までたまっています。

そうやって二個の枇杷を食べ終ると、タンと舌を鳴らし、赤味の増した歯のない口を開けて声を立てずに笑いました。

「こういう味のものが、丁度いま食べたかったんだ。それが何だかわからなくて、うろうろと落ちつかなかった。枇杷だったんだなあ」

徹夜をしたあと、いましがたまで書いていた原稿があがったところでした。長椅子に横臥して、枇杷の入った鳩尾《みぞおち》に手を置いて、柔らかい顔つきになって、すぐ眠りはじめました。

どうということもない思い出なのに――。丁度食べたかったものを食べていたりすると、梅雨晴れの午後のその食卓に私は坐っています。

あの手の形は……、父親ゆずりなのだと、言っていました。もの書きの手というより、篤実な農夫か、田舎寺の坊様の手なのかもしれない。節が高くて短い指は、先がばち形にひらいていました。緊張すると手が震えるのは小学生の頃からだ、と言ってていました。だから、ものをとり押えようとすると、ことさらかまえて蝮指になるのです。しがみつくように万年筆を握りしめ、書物を繰るときは、先ず按摩のように撫でまわしました。

皺ぶかくニス色をした手の甲が柔らかくて、白い掌や指先が湿っていて「ゴムみたい。黒ん坊みたい。吸盤があるみたい」と、私はいつも思っていました。

向い合って食べていた人は、見ることも聴くことも触ることも出来ない「物」となって消え失せ、私だけ残って食べ続けているのですが——納得がいかず、ふと、あたりを見まわしてしまう。

ひょっとしたらあのとき、枇杷を食べていたのだけれど、あの人の指と手も食べてしまったのかな。——そんな気がしてきます。夫が二個食べ終るまでの間に、私は八個食べたのをおぼえています。

はっさく、ぽんかん、夏みかん

川上弘美

冷蔵庫を開けて、ピンクとオレンジが混ざった色のタッパーウェアをとりだして、食卓に置く。タッパーウェアは背の高い円筒形のものだ。ふたを開けると、甘い匂いがたちのぼってくる。匙《さじ》を入れて、小さなガラスの器にうつす。暑い日ならば、そのまま食べる。ちょっとさみしい気分の日には、プレーンヨーグルトをかけることもある。プレーンヨーグルトは厚みのある味なので、お腹《なか》の中がすかすかしなくなるから。最後に器に残った汁を飲みほす。汁はとても甘い。初夏には初夏の味がする。晩秋には晩秋の味がする。真冬には真冬の味がする。

季節によってその印象が変わるタッパーウェアのなかみは、剝《む》いたみかん、だった。はっさく。ぽんかん。夏みかん。ネーブル。いよかん。グレープフルーツ。一年じゅう、私の母はみかんの類《たぐい》を切らさなかった。皮を剝いてふさにしたものを、タッパーウェアに常備していた。

日曜日の午後、みかん数個を水で洗い、食卓の上に並べる。ぼこぼこした表面が、水滴を残して光っている。指をぐっと入れて、厚い皮を剝く。ふかふかした皮の内側があらわれる。器用に指を使って、ふさをとりだす。種を落とす。ふさは崩れない。汁もぼたぼたと流れでた。

上手なのだ。たまに私が手伝うと、いつもふさはばらばらになってしまった。汁もぼたぼたと流れでた。

毎週、儀式のように、母はみかんを剝いた。飽きないの、と私が聞くと、飽きない、と母は答えた。全部剝きおわると気分爽快、ともつけ加えた。母自身がそうやって剝いたみかんを食べているところを見たことは、ほとんどない。父と私と弟ばかりが食べていた。私は内心、剝くだけの母の方がかっこいいと思っていた。食べるだけしか能のない私と父と弟。その三人のうえに、母が君臨しているように思えた。

月日は過ぎ、私も母親になった。ときどき母の真似をして、はっさくや夏みかんをまとめて剝くことがある。でも、ほんのたまにだ。一年に一回くらい。すっぱいねえこれ、と子供たちは言う。タッパーウェアのなかみの減りは遅い。ふさは母が剝いたようにはつややかに輝かず、ばらばらに散るばかり。私は誰のうえにも君臨できない。

ゆうべ家の近くのお店でお酒を飲んでいたら、最後にご主人が夏みかんを剝いたものを出してくれた。小皿に、五ふさほどの夏みかん。ちょっと崩れていて、筋も残っていて、きっとご主人が剝いてくれたものにちがいない。口に入れると、甘かった。疲れてるみたいな顔してるからさ、とご主人は言った。夏みかん食べて、疲れがちょっとなおった。

扉を開けてのれんをくぐって、外に出たら半月が出ていた。みかんのふさみたいな、月だった。いまだに私はよるべなくて、いつまでたっても母みたいにはなれないなあと思いながら、自転車に乗って、家に帰った。

ネーブル

安野モヨコ

山口の夫の実家からネーブルが届いた。

庭の小さな木に実った十個ほどの実を義母が小さなダンボールで送ってくれたのだった。

徹夜明けの朝、それをむいて皆で食べた。

お店で売っているネーブルと比べると幾らか小振りで、無農薬なので皮もピカピカと言う訳では無い。

それでも皮をむくとこぼれる程の果汁が初めて触れる空気に輝いており、「いただきます!!」という気持ちで口にした。

なんと言うか濃い。甘みだけじゃなくて、こっくりとすっぱい。

子供の頃食べた蜜柑《みかん》の様な味がする。

外来の果物でも日本で育つと日本風の味になるのだろうか。

農業用に改良されてシステマティックに作られた果物は美しいけれどいつも味が薄いように思う。

美味しさの中に土地の風景や匂いが有るこういう味が好きだ。

疲れた体にじんわりとネーブルの元気さが染み渡る様な気がして目を閉じた。

そうして本当にはっとした。

このネーブルは義父が最後に丹精したものだと言う事に今更ながら気付いたのである。


義父は昨年（二〇〇六年）末に亡くなった。

もうだいぶ前から癌を患《わずら》っていて、最後の三ヶ月はホスピスで過ごす事になった。

入院する直前まで自宅で庭をいじっていたと思う。

庭と言っても半分くらいは小さな家庭菜園になっており、オクラやトマト、茄子などが育っていた。

夏に帰省するとそれらの野菜が食卓に並んで、私達は喜んで食べた。

庭の真ん中には大きないちじくの木が有る。

カラスが来ては食べて行くので網を張っていちじくを守っていた。

まだ結婚する前に法事が有るからと言うので夫と実家へ行った事が有った。

夫の両親に会うのは二度目だったが、当然私は緊張していた。

仏壇の前に正座をしてお経をあげて下さった和尚さんのお話を伺いながら
「長男の嫁って大変そうだなー…面倒な事多そうだなー…」

などと考えてしまい、早くも帰りたくて仕方がない。

第一どうして私達が和尚さんと話しているのだ？　お父さん達はどこ行っちゃったの？

そう思って見廻すと庭のいちじくの木が大きく揺れているのが見えた。

義父と義母が二人して脚立《きゃたつ》を持ち出していちじくをもいでいるのだった。どうやら和尚さんに持たせようと思ったらしい。

体の小さい年寄が二人でグラグラしながら、しなる枝の先になっているいちじくを、一所懸命にもぎとっている姿は何とも言われない可愛らしさが有った。

今なら

「もう!!　何やってんの危いよ。私がやるから家に入って」

と言えるのだけど、何しろまだ嫁入り前で遠慮している上に足がしびれて立てない。

和尚さんの話はいつの間にかニューヨーク旅行が楽しかった、と言う話に変わっている。

窓の外では両親がえんえんといちじくをもいではグラグラし、背伸びしてはグラグラしていた。

天気の良い昼間によく知らない家の居間で自分の置かれている状況があまりにシュールで笑いを必死でこらえたのを昨日の事のように思い出す。

その時のいちじくで義父が作ったいちじく酒をそれから毎年送ってもらった。

お礼の電話をしても照れ屋なのでいつも余りしゃべらずに義母に代わってしまう。

お酒を飲んで上機嫌になった時だけは別で、政治家や地方行政を片っぱしからやっつけていた。

それでも体が動くうちはいつも黙々と何かしていた。洗濯物を畳んでいるのを見て、夫に「おとーさんを見習いなよ!!」と言った事もある。

私のような生意気な嫁をよく可愛がってくれたものだ。

そんな心の広い義父が大好きで、入院してからはできるだけ時間を作って夫と山口へ帰る事にしていた。

ずっと寝ているので体をマッサージしてあげようと思って赤ちゃんでも使える自然派のボディミルクを買って行った時も、照れているのか本当に嫌なのか「いらんいらん」と言って嫌がった。無理強《じ》いしても…と思いながらも手だけやらせてね、と見よう見まねのマッサージをした。

人によっては体に触られるのが苦痛かも知れないのに余計な事をした、と少ししゅんとなりおとなしくしていたが、ふと見ると義父はマッサージした手を何度もなでては匂いをかいでちょっと嬉しそうにしていた。

その時のボディミルクもオレンジの香りだった。柑橘《かんきつ》系の香りは元気になるのだそうだ。


義父が作った最後のネーブルは本当にぎっしり自然のエネルギーが詰まっている様な味がして、食べると徹夜明けのシワシワになった体がみるみる蘇生して元気が出た。

これでこの後残りの原稿もいっきに上げられるなーと明るくなって来た空を見上げながら思った。と同時に目がうるんでぼうっと霞《かす》む。

あとからあとから涙があふれ、止まらなくなってしまったのでしばらくそのまま空を見ていた。

夏蜜柑の花

小沼丹

昔、夏蜜柑《なつみかん》を食った上の娘が庭に種子を捨てたら、それが芽を出した。芽を出したと云っても、気が附いたのは何年か経った頃で、何だか見馴れぬ奴が生えているから、

——これは何だろう？

と植木屋の親爺に訊くと、

——蜜柑のようですね……。

と云う。植えた覚えは無いが、場所が娘の部屋の前だから娘に訊くと、窓から種子を捨てたと云った。

狭い庭のあちこちで青木が芽を出す。これも植えた訳では無いが、どこかの青木の赤い実を食った鵯《ひよどり》か何かがやって来て糞をする。それが芽を出すのである。狭い所に

いろんな木が雑然と植わっていて満員状態だから、割込乗車は願下げにしたい。余計な真似《まね》はして貰《もら》いたくないが、鵯に向って、糞をしちゃ不可《いか》んと云う訳にも行かない。
以前、どこかで夏蜜柑の実が生《な》っているのを見たことがある。何でも寒い頃だったと思うが、色の乏しい風景のなかに夏蜜柑の黄色が鮮かで、見ているとなかなか良かった。庭に顔を出した夏蜜柑のちっぽけな木を見たら、それを思い出して、折角芽を出したのだからその儘《まま》にして置こうと思う。何れ《いず》は白い花が咲いて、冬枯の庭に実が見られるかもしれない。そう思って、

——夏蜜柑の花はいい匂いがするんだろう？

と植木屋の親爺に訊いたら、

——さあ、どうですか……。

親爺はたいへんつまらなそうな顔をした。そんなに遠い先のことは莫迦莫迦しくて話にならない、そんな顔だったかもしれない。

放って置いたら夏蜜柑の木はだんだん大きくなって、多分、一米ぐらいになった頃だったと思うが、ある年揚羽蝶がひらひら舞って来た。何しに来たのか知らなかったが、黒揚羽を見るのは珍しい。家のなか迄《まで》舞い込んで来たりするから満更悪くない気分でいたら、それから暫くして夏蜜柑の木が不恰好になったのに気が附いた。見ると、

肥った青虫が矢鱈に葉を食い荒していたから吃驚《びっくり》した。これは后《あと》で知ったが、黒揚羽は別に人間の眼を愉しませるためにやって来た訳では無い。夏蜜柑の木に卵を産みつけに来たのである。

青い芋虫は一向に感心しないが、それが黒揚羽になると思うと葉っぱぐらい食わせてやってもいい。お蔭で夏蜜柑の木は何ともみっともない恰好になったが、二つともいいと云うことはなかなか無い。それにしても、狭い庭の小さな木が蝶によく判ったものだと感心した。

その裡《うち》に、夏蜜柑の木は知らない間に三米ぐらいの木になった。植木屋の親爺は、こんなに茂らせると他の木によくないから刈込んだ方がいいと云う。

——刈込んでも花は附くかしら？

——刈込んだら、花は附きません。

——じゃ、止めとこう。

親爺が何かブツブツ云っているから、聞いてみると、大体、実生《みしょう》の木なんて花が附くかどうか当《あて》にならないと云っている。親爺とすれば、そんな木は伐った方がいいと思っていたのだろう。

素人考えからすると、三米ぐらいになって矢鱈に葉を茂らせているのだから、そろそろ花ぐらい咲かせてもいいような気がするが、夏蜜柑の木は一向に蕾を持たない。

家の者は、洗濯物を干すのに邪魔で仕方が無いとこぼしていた。

去年の初夏だったと思うが、近くの柚子の木は白い花を沢山附けたが、夏蜜柑は相変らず花を附けない。ある日、柚子の花を見て夏蜜柑の木の所へ行ったら、何だか腹が立った。

——いいか、来年花を附けなかったら、今度は思い切って伐ってやるからな。

夏蜜柑に向ってそう云った。内心呟《つぶや》いたつもりだが、うっかり声になって出たらしい。

——何か云いましたか？

と家の者が顔を出したから、いや、何でもない、と答えて置いた。幾ら腹が立ったと云っても、無論、本気で夏蜜柑に話し掛けた訳では無い。

そんなことは悉皆《しっかい》忘れていたら、今年初めて夏蜜柑の花が咲いたから何とも不思議でならない。五月中旬頃だったが、柚子の蕾が白く脹らんで来たのを見ていて、何気無く夏蜜柑の梢《こずえ》に眼を移したら、白い蕾が幾つか見えたから面喰《めんくら》った。何かの間違ではないかと思って、家の者を呼んで、

——あれは蕾か？

と訊くと、

——蕾ですよ、判らないんですか？

と云う。何だかたいへん嬉しかった。どうやら、やっと花を附ける時期が来たと云うことだろうが、去年夏蜜柑の木に一言文句を云ったのを想い出すと、木の奴が吃驚して今年蕾を持ったと思う方が面白い。それから何日かしたら、夏蜜柑の白い花が咲いた。柚子の花に似て、すこし大きい。匂いを嗅ぎたかったが、生憎《あいにく》梢の方はもう四米近いから、ちょっと鼻を近づけると云う訳には行かない。

夏蜜柑の木は素直に云うことを肯《き》いたが、そうは行かない木もある。昔、或る美人に柘榴《ざくろ》の苗木を貰った。柘榴の花は悪くない。柘榴の実を採って、机の片隅に転して置くのもまた悪くない。そう思ったから、花の咲くのを愉しみにした。ところが何年経っても花を附けない。その裡に幹の太さは五糎近くの木になったが、花の頃になっても何の挨拶も無いから焦《じ》れったい。

散歩に出ると、柘榴の花が眼に附く。我家の柘榴よりはるかに小さな木なのに、ちゃんと花を附けているのもあるから腹が立つ。

――来年花を附けなかったら、伐るぞ。

何遍脅したか知らないが、この柘榴は強情で云うことを肯かない。その癖、無闇に枝を伸し葉を茂らせるから煩わしい。今年こそは伐ってやろうと思うが、苗木をくれた美人の顔を想い出すと、もう一年待ってやろうかと考え直す。

こないだその美人に会ったから、あんたに貰った柘榴はまだ一遍も花を附けないと云ったら、美人は、

——あら、申訳ございません。

とにっこり笑った。これには何と挨拶していいか判らない。

夏蜜柑の花が咲いた頃、ある友人と酒場へ行った。夏蜜柑の花が咲いたと話すと、

——夏蜜柑ですか？

と友人は怪訝そうな顔をした。

——夏蜜柑は酸《す》っぱいから、この頃人気が無いそうですね……。

——いや、酸っぱいのが、本当の夏蜜柑だ……。甘いのはいけない。

と話が横道に逸れて、結局何だか取止めの無いことになった。尤もその后で友人は、蜜柑の花が咲いている、思い出の道とか何とか云う歌を歌ったから、或は夏蜜柑の花の話を蒸し返したのかもしれないが、その辺になると酔っていたから判らない。

上の娘が夏蜜柑の種子を捨てたのは小学生の頃だが、その娘がいまは二人の小学生の男の子の母親になっている。こんな場合は、ことに月並の感想しか浮ばないが、その間に何だかいろんなことがあったと思い出す。植木屋の親爺は去年死んだ。生きていて、夏蜜柑の花が咲いたと知ったら、何と云ったかしらん？

いま、夏蜜柑の木には、小指の頭ぐらいの青い実が幾つか見える。

グレープ・フルーツ

戸塚文子

九州のあるバス会社の社長さんが、アメリカへ三カ月ばかり旅行して、帰ってきた。その赤ゲット話のなかに、グレープ・フルーツの一件というのがある。

レストランのメニューの果物のところに、「グレープ・フルーツ」とあったので、注文した。持ってきたのを見たら、ブドーではなくて、「夏みかんのごとある」妙な果物じゃ「ごわはんか」というしだいだ。いかにもありそうなエピソードである。

昔、郵船会社華やかなりし頃、これもある社長さんが、メニューの「エッグ・プラント」を注文したので、その通りナスビの料理を出したところ、ボーイを呼びつけ、声も高らかに「なんだこれは、プラント（植物）だけじゃないか、エッグ（卵）はどうした」と叱ったものである。ナスはその形が卵なりなので、エッグ・プラントと呼ばれるのだろう。それをご存じなく、船の手落ちとばかり、怒ったわけだ。その時ボーイは、ぐっと笑いをかみしめ、不行届きをわびて、早速卵の目玉焼か何かを持って行って、無事にその場をおさめた。サービス業としてあっぱれである。

グレープ・フルーツの社長は、さすが新しい時代の社長だけに、「ワシはミカンなぞ頼まん」などと、大声はあげなかった。その代りに、黙って食べて、あとで辞書をひいてみた。グレープ・フルーツは、まさにグレープとはいえ、ブドーではなかった。つまり、グレープとグレープ・フルーツは、まったく名のみ似て、実体は非なるものだと、わかったのであった。

私は偶然、この日本では見かけることの少ない果物に、かなり以前から、なじんできた。横浜や神戸の港街に住んで、外国航路の船へ遊びに行き、上陸できずにいる船員から、ごちそうになったからである。以来、グレープ・フルーツは私の好きな果物の一つとなっている。

アメリカ航路の船に乗る楽しみは、グレープ・フルーツが食べられることだった。といっても、アメリカへ渡るわけではない。横浜・神戸間を乗るだけだ。それでも果物を食べるのが目当てなら、十分目的を達せられる。朝食のとっぱなに、これを食べると、口もノドも胃の中も、スーッと通りがよくなって、眠気がさめる。まだ身体の中に、尾を引いていた夜が、はっきり立去って、さわやかな朝がくるのである。

夏みかんほど、すっぱくなく、サラリと淡泊な酸味が、朝の起きぬけに、ひどく調子が合う。形は夏みかんよりやや小ぶりで、皮はなめらかで、明るい黄色に青みがさして美しい。袋の中味は、夏みかんほど黄色くなく、淡々《あわあわ》とした真珠色がかった半透明のクリーム色といった感じである。横にまっ二つ割りにして、切り口を上に、粉砂糖を少々ふりかけ、赤いサクランボの実を、まん中にチョンと載せる。銀のスプーンでしゃくって食べる。

初めから、こんな風にして食べなれたせいか、いつもこうしなくては、気がすまないように、なっている。日本式に袋を一つ一つ、むいてひっくりかえして、おいしいにして食べたっていいわけなのにやっぱり二つ割りのスプーンでないと、グレープ・フルーツの気がしないから、妙なものである。

船の上でなくても、日本の街でも、売っていないことはない。千疋屋にはある。高級レストランやホテルでも、たまにはお目にかかる。輸入物のサンキストである。六、七年前、丸ノ内の永楽ビルの地下に、ポールスターというレストランが開業した時、これは値段も手頃な店だったので、よく昼ごはんを摂りに行った。そこで戦争中から、絶えて久しいグレープ・フルーツを発見して、こおどりしたものだった。昼飯が一《ひと》しお、楽しみになった。ここのもサンキストであった。

してみると、この果物は日本では、地味か合わないか何かで、できないのだろうか。

それとも味が、日本好みではないのか。もっとおいしい柑橘《かんきつ》類のたくさんあるせいか。

いつだったか、アメリカ人にグレープ・フルーツの話をしたら、「あれはたしか、アーティフィシャル・フルーツ（人工の果物）のはずだ」ということだった。交配によって作りあげたものらしい。その時何かブドーに関係のある果樹を、つかったのだろうか、ときいてみたが、その人も知らなかった。グレープは何に由来するのか、未だに不思議に思っている。

果物を栽培させたら、日本人は世界一の腕前だと、私は思っている。フィリッピンのバギオ・バナナというすばらしいバナナは、日本人が作ったものだ。これを食べたら台湾バナナが食べられないというバナナの王様である。先年ヨーロッパへ行って、食後に出されたモモの、あまりにも貧弱な味にあきれ、しみじみ岡山の白桃が恋しくなった。カキだって世界一なのではないだろうか。

この果物作りの天才の手で、グレープ・フルーツを品種改良させてみたい。もしそれができるなら、豊かな上にも豊かな果物王国になるだろう。果物好きの私の、これは長い間の夢なのである。

アンズと格闘

島田雅彦

五年くらい前に犬の散歩仲間が自宅の庭にアンズの木を二本植えたのよ。知らないうちに大きくなって、去年あたりから実がたくさんなるようになって、収穫がたくさんあったから、お裾分けするわよ。食べる？

自宅で中東問題の行方に思いを巡らせていたら、突然、近所のオバさんが電話をかけてきて、こんなことをいう。アンズは近頃、八百屋でもスーパーでも見かけないので、もらっておくことにした。ところがその量が半端じゃなかった。オバさんは「酸っぱいわよ」といい残して、スーパーのビニール袋二つ分を置いていった。百個は下らない。パレスチナ問題が突如、アンズ問題に変わる。俳句の一つでもひねり出すしかないと思いながら、早速、一番大きくて甘そうな奴を齧《かじ》ってみた。額から冷や汗が出るほどの酸っぱさに一個食べ切るのがやっとだった。歯型がしっかり残るコリッとした歯触りは大好きだが、この酸っぱさを百回も味わうほど、マゾヒストではない。「ジャムにしたら」とオバさんに勧められたが、加える砂糖の多さに躊躇《ちゅうちょ》してしまう。アンズ酒を漬けようかとも思ったが、こちらも相当の砂糖を加えないと、単に酸っぱいだけの酒になってしまう。

アンズといえば、アルメニアだ。この地域のアンズは世界で最も甘い。日本のアンズと同じ種類とは思えない。一回りも二回りも大きく、桃かと思うほど甘い。歯茎に絡みつく甘い汁を飲み込む時、薔薇の香りが鼻に突き抜ける。アルメニアのアンズは干しても、ジュースにしても、甘い。たまたまアンズをもらった日は晴れていたので、干しアンズを作ってみることにした。先《ま》ずは表面を洗って乾かし、中心に包丁を入れて、二つに割り、種を取り出す。これをザルに並べて、軽く塩をして、太陽に当てるのである。

二週間ほど前の晴れた日、朝に水揚げされた鯵《あじ》が安く大量に手に入ったので、干物にすることにした。いつもは洗ったタオルや下着を干している物干しハンガーに、腹開きにして塩水に漬けておいた鯵を吊るした。さすがに猫は屋上までは上がって来れまいと、監視もつけずに放っておいた。二時間後、様子を見に行ったら、七尾干したうちの四尾も奪い去られていた。餌付けなどしたつもりはないのだが、鴉《からす》の胃袋を満たすことになってしまった。鴉は今時の若い者と似て、ジャンクフードを好む。ピッツァやハンバーガー、鶏の唐揚、トンカツなどに目がないとは聞いていたが、鯵の干物を取られるとは思わなかった。その鯵はよほど脂が乗っていたのだろう。しかし、さすがにデザートにアンズはついばんだりはすまい。あの酸っぱさに耐えられるものなら、耐えてみよ、である。二日間、干していたが、鴉は見向きもしなかった。

まだ、この段階では表面が乾いているに過ぎない。さらに水分を抜くには砂糖をまぶして、重石をし、漬物のようにする。この時、アンズの消毒と風味付けを兼ねて、ブランデーに生乾きのアンズを浸すのである。このまま二、三日置いておくと、甘酸っぱい果汁が浮いてくる。そして、ふたたび、水をよく切ったアンズをザルに並べて、日光浴させるのである。この作業を二、三回繰り返すと、半分に切ったアンズの実には皺が寄り、厚さも三分の一ほどになる。

あいにくこのところ雨が多い。そういえば、毎年アンズの酸っぱさに顔をしかめるのは梅雨の季節だったことを思い出す。太陽の助けなしに干しアンズはできないが、梅雨がその邪魔をする。梅雨の晴れ間を狙って仕上げなければならない分、干しアンズは手間がかかる。十日間かけて作った干しアンズだが、相変わらず酸っぱかった。ただ、味は濃縮されていて、最初に感じる酸味に馴れてしまえば、おいしく食べられる。ワインのつまみに、便秘の薬に、肉料理の付け合わせには最適である。売るほど作ってしまい、妻も息子も手をつけようとしないので、そんな推薦の言葉を繰り出しては、せっせと自分で消費するしかない。

それからまた数日して、スーパーに買い物に行くと、泥つきのらっきょうが売っていたので、つい買ってしまった。根を切り、表面の汚れた皮を剝《む》くのに一時間もかかってしまった。それに韓国の海塩をまぶし、広口ビンに詰め、玄米酢とミネラルウォーターを加える。二週間後には食べ頃になっているはずだ。らっきょうもまた、家族の者は誰も食べようとしない。デパートの地下食料品売り場で塩漬らっきょうを一キロ買ったりしたら、三千円はするに違いない。これはみんな私の酒のつまみになる。これから私の吐く息は、しばらくのあいだらっきょう臭く、つい食べ過ぎて、胃の痛みに耐えることになるだろう。もし、精力絶倫の日々が続けば、差し引きゼロか。

くだもの絶品料理

辻村深月

酢豚に入っているパイナップルが苦手、という人が多いと聞く。私も酢豚パイナップルは得意な方ではないものの、果物を使った料理を、気づけばかなりたくさん作っている。

なぜか。

果実王国・山梨に生まれたため、実家から大量に届くのである。おじいちゃん、私を一体何人家族だと思っているの⁉　と叫びたくなるようなケースの山に囲まれ、ジャムもお菓子も、作ってもそうたくさん食べられるものでもなく、だけどおいしいうちに全部食べたいし……、と思案した結果、いくつかのレシピが生まれた。

その中で一番ヘビロテしているのが、スモモの冷製パスタ。

桃や黄桃と比べて、いまいちマイナーな印象のスモモだが、祖父はソルダム、クインローザ、貴陽《きよう》、ケルシー（ほら、あんまり馴染みのない品種名でしょ？）と何種類か作っていて、それらの収穫時期が六月後半から二週間ごとにやってくるため、私は毎週せっせとこのパスタを作って主食にする。

さて、作り方。（分量は一人分。表記のないものについては適当に）

①オリーブオイルにニンニクを一かけすり下ろしてまぜる。
②トマト一個の上に十字に切り込みを入れて湯むきし、適当に切る。
③スモモを二〜三個、皮をむき櫛形に切る。
④ボウルにこれまでのものを全部入れて、塩を少し強めに、味見しつつ入れる。
⑤バジルを刻んで混ぜる。
⑥パスタを一分多めに茹で、氷水で冷やし、水を切って和《あ》える（カペッリーニのような細いものの方がおいしい）。

で、これにガーリックバターを塗って焼いたバゲットなどを添えるとてもよい。

はじめは「スモモでパスタ!?」と驚かれるものの、スモモのおすそ分けと一緒にこのレシピを渡すとたいていの人がやみつきになってくれる。夏バテの時でも食べられると好評。

今回このエッセイを書いているのも、「あ、本に掲載されれば、今後はおすそ分けの時、このページをコピーして渡せばいいんだ！」という計算が働いたせいだったりもする。
　おいしくできるかどうかのポイントはただ一つ。おいしいスモモが手に入るか否かにかかっている。これを読んだみなさんのお近くに、どうかうちの祖父の畑のものが流通していますように。そして願わくば、みなさんがそれを買ってくださいますように。

辻村深月

ヤマモモの愉悦

酒井順子

私、「ヤマモモ」がだーい好きなのです。あの、懐石料理の付け合わせみたいな感じで一個だけついていたりする、梅干しくらいの大きさの赤い実が。

私にとってヤマモモは、幻の果実です。好きだからといって、果物屋さんでも八百屋さんでも、高級スーパーでも売っていない。料理屋さんでも、気まぐれで料理の脇についているものだから、注文して食べることができない。

そんなある日のこと。とある中華料理店において。一通り料理を食べ終り、

「デザートは何があるんですか?」

と問うと、

「今日はヤマモモがありますよ」

との答えが。

「えっ……、ヤマモモってあのヤマモモ？　私、ヤマモモってだーい好きなんですよ！」

と思わず注文すると、

「あら、じゃあ大盛りにしてあげるわね」

とのこと。

そして、しばらくして出てきたヤマモモを見て、私は嬉しさのあまり、血管がブチ切れそうになりました。せいぜいヤマモモが五個くらいちんまりとお皿に盛られているものを私は想像していたのに、なんと出てきたのは、小ぶりの丼に山盛りの、二十個くらいのヤマモモ。

一年にせいぜい二回くらい、それも一回に一個しかヤマモモを食べられず、その度に「ああっ、もっと食べたい！」と願って生きてきた私は、目の前のヤマモモの山が奇跡に見えました。嬉しさのあまり、

「あっ……あたし、一度でいいからヤマモモを飽きるまで食べてみたかったんです！」

と叫びます。そんな私を微笑まし気に見守る、お店の方。

ものすごく贅沢《ぜいたく》な気持ちで、私はシロップで煮てあるヤマモモを一個、口に入れました。私が好きなのは、ヤマモモを舌に載せた時の感触です。ヤマモモの表面という

のは、人間の舌と非常によく似ており、それが柔らかく煮てあるわけですから、ものすごく官能的な舌触り。

舌の上でヤマモモを転がすと、甘いシロップも滲《にじ》み出し、愉悦の極致に。目はトロンとし、ヨダレがたれそうになってきます。この愉悦を二十回も連続して味わうことができるなんてもう気が狂っちゃいそう！　と、一個目を食べ終ってからもニヤニヤ笑いが止まりません。

そんな私を見て、同席している人々は、

「酒井さん、なんかイッちゃってる感じ……」

と、怪訝《けげん》な顔をしています。

「あっ、たくさんあるから皆さんもお一ついかがですか？」

と私は勧めたのですが、

「いや、それほどまでにヤマモモが嬉しいなら、酒井さん一人で楽しんだ方が……」

と、みんな尻込《しりご》みをする。

一個一個のヤマモモを、舌で転がし、丁寧に歯を突き立て、蜜を吸い、最後にはメチャクチャに咀嚼《そしやく》して、タネを吐き出す……。この行程を結局私は、二十回、繰り返しました。その間、もう気持ち良くてとろけそう。

しかしどんなに楽しい時にも、終りはやってきます。いよいよ、最後の一個。最後まで残しておいた最も姿の美しいヤマモモを、私は丁寧に時間をかけてしゃぶり、噛《か》み、嚥下《えんげ》した。

食べ終って、二十個の種と共に残ったのは、「もう二度と、これだけ大量のヤマモモを食べることはないだろう」という寂しさ、そして舌にしみついた、快楽の残滓《ざんし》。店から出た私は、まるで美女二十人斬りを達成したかのように、ドップリと疲れて家路についたのでした。

酒井順子

桃の一番おいしい食べ方

白石公子

ある晩、桃の食べ方がとても気になってしまったのだった。

なんといっても桃のおいしい時期である。今年は六月に暑い日が続いたせいか、桃ばかりではなくスイカもメロンも甘くて、子供みたいにうれしくなってくる。

スーパーの一角に人だかりがあった。なんだろうと見たら、白桃が一個ずつ、大事に網のクッションに巻かれて、四個、六百八十円で売られていたのだ。誰もが欲しそうに身を乗り出して、桃を撫でていた。「強く押さないでください」という貼り紙が、よけいそそる。私もついそのなまめかしい柔肌を撫でていた。少し指の跡をつけてみた。せっかくだから買おう、と思ってあたりを見れば、みんな迷っていて、やはり値段のせいだった。四個で六百八十円は安いのか高いのか、妥当なのか、ぜんぜんわからない。しかしこれをカゴに入れると、その後の買い物が、自由にできなくなってしまう、ということはわかる。なぜ、二個にしないのだろう、と思いながらも、私はカゴに白桃を入れたのである。

その夜、仕事もひと段落して、さて桃でも食べよう、と思うときのうれしさったらなかった。一個を流し水でくるくると回しながら洗い、柔らかさを確かめた。この感触で手で皮を剝《む》くことができるかどうか、を決めるのである。

どうやらナイフを使わなくて済みそうだ。産毛に絡みついた水滴が光っている。濡れた皮に爪をあてる。ちょっと破れた皮をつまんで、ツッツッーとひっぱり上げると、ふっくらとして水分をたっぷり含んだ柔肌が見える。皮はたいてい途中で切れてしまう。そのたびに爪を当てるから、柔肌に醜いアザができるのだ。それでも桃を回しながら皮を剝く。たっぷりの果汁が流れはじめる。手がすべる。持ち替えるたびに指の跡がつく。この段階で、私はどうしたものかと、迷いが生じてきた。もしかして桃の食べ方に失敗したのではないか、と思いはじめていたのだった。

そもそも、台所の流し、それも三角の生ゴミ入れの上で、桃の皮めくりをはじめたのがよくなかったのかもしれない。外気に触れた桃の果肉は、指跡をつけたところから、薄黒く透けて溶けてしまいそうだし、したたり落ちる果汁はもったいない。

ええい、かまうもんか、ここでひと口たべちゃえ、とずずっと果肉を啜《すす》る。あまーい。私は恍惚《こうこつ》の顔だ。もうそうなると、途中で止めることはできなかった。私は薄明かりの灯る台所の流しの前で、立ったまんま、生ゴミ入れの上で白桃の皮を剥きながら、食べてしまっていたのだった。野趣たっぷりに啜ると、果汁は手を伝って流れ、肘からぽたぽたとシンクに音を立てて落ちた。種の周辺の繊維だけが残り、小さくなったそれを丸々口に入れて、最後のピーチエキスを頬をへこませて吸う。種の中から酸っぱい汁が出てきて口の中に広がり、なんだか私、ひもじい桃の食べ方をしている、と思いながら、種を生ゴミ入れに向かって吐きだした。そのまま、べたつく口元と手を洗った。

こんなはずじゃない。桃にはもっとちゃんとした食べ方があるはずだ。

丸ごと一個食べておちついた私は、「なだ万」で働いている妹に電話して聞いてみた。

「お宅で、デザートに桃をだすときある」

「あるよ」

「ねえ、どうやってお客様にだすの。皮は手で剝くわけ。汚くならない?」

「皮はナイフで剝く。手で剝けるくらいの柔らかいのは、確かにおいしいけど、指の跡がついて汚くなるから出さない。固めの桃にしている。それを種に沿って切る。口ではうまく説明できないけど、アボカドのように切り身が四つできるの。どうして急に？」

と訝《いぶか》しがるので私は、ことのあらましを話した。すると、

「夜にひとり、流しの上で食べる白桃が一番おいしいと思うけど」

と妹は笑うのであった。

白石公子

桃

宮尾登美子

胃腸に自信のあった若きころは、美味といえばまず魚肉類だったが、いかに我が旺《おう》盛《せい》な胃袋とはいえ、寄る年波には勝てなくなり、ただいまは専《もっぱ》らみのりのよい果実を以て最高の美味としている。

いわば老境に入ってやっと辿《たど》りついた大悟の境地というところか。というのは大げさだが、この果実とて食べすぎるとよくないのは理の当然、その戒めを忘れてこの夏は仇《かたき》に出会ったように桃を食べに食べ、お腹をこわしてしまった。

もともと私は子供のころから果実類が大好きで、母がよく「この子は果物漬けのようなもので、毎日首まで漬かっております」と冗談にいっていたほど、果物がなければ一日もすごせないほどなのである。

宮尾登美子

果物といっても種類は多いし、私の好みも大好き、のランクから、他になければ食べる、程度までさまざまだが、その最高に位置するものが桃、であって、これは昔もいまも変りない。

子供のころ、庭に一本だけ水蜜桃《すいみつとう》の木があり、手入れもしないままに毎年、多くて三、四個、少ない年は一個などというなさけない状態だったが、私はこれを自分ひとりで食べるべく、苦心したものだった。

昭和一ケタの地方のこととて、物資の流通はよくないし、果物屋に行けばいつでも季節の品が揃《そろ》っているなんてこともなかったものだから、庭に生《な》った桃の実は貴重なものだった。

葉っぱでかくしても、実が青いうちはかくしおおせるが、赤く色づいてくるとわきを通る人の目につきやすくなり、結局いつも、私は青いうちにもぎ、生毛《うぶげ》を手でこすっただけでかじってしまうのである。

生毛はてのひらに残っていつまでもチクチクと刺し、その手で顔などさすると痛くて泣きそうになるのを、じっと我慢しとおすのも遠い思い出のひとつ。

ところで、いささかもう古くはなったが、私は本山荻舟《もとやまてきしゅう》の『飲食事典』をいつも座右に置いてある。食物にも依《よ》って来るところがあり、荻舟さんはそれを教えてくれるからだが、いま「桃」の項をひもとくと、私などが辿ってきたように、桃は岡山、の紹介が載っている。

この本の発行された昭和三十三年ごろはたしかに岡山の桃が一世をふうびしていたものの、それはとても高価だったし、手に入りにくかった。

そのころ高知にいて主婦だった私などは、わざわざ岡山まで桃を食べにゆくなどは贅沢《ぜいたく》の極みで、とうてい叶《かな》えられぬ夢だったが、偶然にもこの季節、所用で岡山を通る旅に恵まれたときのよろこびときたら、小おどりするほどだったのである。

汽車が岡山駅で停車するや、混雑をかきわけてホームにとび降り、一個入りの桃を買う。袋にはプラスチックのナイフがついていて、剝《む》いた桃を切りわけるのに便利だが、皿はついていないため、座席でこれを食べようとすると桃の汁は通路にしたたり落ちる。前の座席の人、立っている人に汁は散り、迷惑をかける羽目になるのだが、私は食べたい欲望をおさえることはできなかった。

こんなにしてむさぼり食べた岡山の桃は、その後東京に出たため口に入ることはなくなり、このあとしばらく、お尻がしわだらけの日越しの、しかも出所不明の桃をスーパーで買って食べることを余儀なくされるのだが、味覚というのは順応性のあるものと見えて、東京で食べる桃とはこんなもの、という了見さえすれば、かくべつ辛《つら》い思いでもなかった。

そして四、五年前、偶然訪れた甲府駅前でいかにもよく肥えた桃を一箱買い、家に持ち帰って食べたところ、私はとび上るほど驚いた。

桃がこれほどおいしいものとはとつくづく溜息《ためいき》の出るほど、それは十全の味だったのである。

そこで私、電話の一〇四をフル動員してかの駅前の果物屋を探し出し、さっそく「もう一箱」と乞《こ》うたが、「桃はもう終りました」とのまことにつれない返事だった。

とても口惜しく悲しく、泣きながらあきらめ、そして捲土重来《けんどちょうらい》、この桃の栽培主、または扱っているお店を探して、山梨に電話をかけまくるのである。

途中、二度ほど山梨出身の友人からあの桃に勝るとも劣らぬ品を送って頂き、私は大感激してあろうことか、もう一箱送っては頂けませぬか、とアンコールをねだったこともある。

こうなると全くもの乞いになり果てた感じだが、私の桃への思いはどうしても断ち切れず、ついにことし、塩山《えんざん》市でこの桃を探し出すことができた。

送られてきたものはあさま白桃という品種とか、お尻はまだ青く、てっぺんは濃いえんじに熟《う》れ、誇張していえば小さな赤ん坊の頭ほどの大きさがある。そしていかにも姿が美しい。

私は、剝くかたわらから果肉がつぶれてゆくようなものは好まず、少し歯ごたえのある、固く締まった実が好きだが、まさにこれはぴったり、日本のなかにもこんな桃を作るところがあるのか、と目がさめた思いだった。

岡山の桃しか知らなかった人間が、山梨の人が手塩にかけて育てたという桃に出会ったときの感動とよろこび、私はこの桃を友人知人に広く贈って食べて頂いた。

いま桃の季節がようやく終って、のぼせていた気分もさめ、考えてみれば、山梨以外にも同種の桃を育てている土地はあり、げんに山梨に次いで美味なのが、福島の桃である。

こちらも人さまに頂いたり、自分でも取寄せたり、たっぷり頂いたがなかなかのもの、とすれば日本の、桃栽培に適した土地では、さらにさらにおいしい桃を作っているのかもしれぬ、それはどんな桃だろうか、などと、食いしんぼうはなお夢を見るのである。

夏の思い出

三浦しをん

　桃をいただいた。私は果物のなかで桃が一等好きなのだが、それにしても、この「いただき桃」は尋常《じんじょう》じゃないおいしさで、食べるたびに思わず天を仰ぎ、「んまい！」と言ってしまう。

　なにしろ大きく、白い。しかし白さのなかに、さっと刷毛《はけ》で刷《は》いたような薄桃色が差している箇所もあって、「桃尻とはこういうものであろうか」と思うほどの愛らしさ、うつくしさである。自他の尻にはそれほど思い入れのない私ですら、眺めていると興奮してくるような外見なのだ（「お尻っぽい」という点ではなく、「好物の桃」という点に興奮しているのかもしれないが）。尻フェチのひとにとって、「いただき桃」は危険なほど麗しい物体に見えるのではないかと推測される。

しずしずと皮をむく。手でむけるが、最初に包丁で少し切れ目を入れないといけないほど張りがある。真っ白な果実部分は、空気に触れるとみるみるうちに薄い飴《あめ》色に変わる。白さが失われるのが惜しいような、繊細な果物にふさわしい生き物感だと納得するような、そんな変化だ。

種を避けて、果肉を包丁で大きめに削《そ》いでいく。みっちりした質感、少しだけ滴《したた》る果汁。種子の周辺は、充血したように赤い。果肉の白さと中心付近の赤さのコントラストが、目にも心にも鮮やかだ。これほどの美を出現させるとは、と桃の木（および桃農家のひと）に対し畏敬《いけい》の念がこみあげる。

口に含んだ「いただき桃」が、いかに甘くジューシーであるかは、もはや申すまでもなかろう。おいしい桃を食べるときの幸福感は、人生で一、二を争うぐらい良質な睡眠を取ったときの心地よさと同質なのではないか。

こういう幸せを、以前にも味わったことがある。記憶を探った私は、「祖父の家で桃を食べたときだ」と思い出した。

幼いころ、田舎《いなか》に住む祖父母のところへ遊びにいった。あれも夏だった。祖父は奮発して、桃を一箱買って待っていてくれた。桃は通常、そんなにばかすか食べるものではないだろう。でもそのときは、「好物なんだろ、どんどん食べりゃいい」と祖父に言われ、子どもなので遠慮もなくどんどん食べた。「桃を丸かじりできるなんて…

…。しかも今日だけじゃなく、明日も明後日も！」と、うれしくてならなかった。

いま考えると、「いただき桃」に比べれば小ぶりのフツーの桃だった。だが、あの夏の桃のおいしさ、食べたときの幸福感は、「いただき桃」にもひけを取らない。私はたぶん、桃のおいしさがうれしいと同時に、桃を準備していてくれた祖父母の気持ちが、幼心にもうれしかったのだ。

「いただき桃」もやはり、桃をくださったかたの気持ちが感じられるからこそ、よりいっそうおいしいのだろう。桃は私にとって特別な果物だ。麗しい外見のなかにひそむ、天上の果実のごとき甘さ。桃の形状は尻というより、もしかしたら心や魂といったものを象徴しているのかもしれないと思う。

地下鉄のなかで桃を食う。手も服も。身も心も。

町田康

あども急にお邪魔して申し訳御座いませんなにをおっしゃいますやらさどうぞさどうぞやわたしはここでなにを仰《おつしや》いますもう直に戻って参りますのでどうぞおあがりになってあいやあしかしいやじゃまああスリッパあどうもすみませんや恐縮ですどうぞお掛けになってすみません恐縮です恐れ入りますいまお茶をややややもうもうもうどうぞお構いなく。

と玄関先で玉稿拝受の筈《はず》が親切な奥方にいわれるがまま上がり込んだら、わ。テーブルの上に山盛りの桃。いい匂いだ。確かここんちは九捲さんと奥方のふたり暮らし、いずれ到来物だろうけれどもこんなに沢山の桃は食べきれないぞ、どうすんだろう、って、あ。そうか。来客やなんかに出すのだろう、ってことは、へっ、この場合、来客って俺じゃん。ってことは、へっ、桃をいただけるのかな。と、あ、奥方だ。

やどうもすみませんやお茶ですみませんいただきますあちゃちゃちゃちゃちゃちゃちゃいえだいだいじょうぶだいじょうぶですすみませんすみませんすみませんとあかんやんかこんな煎餅《せんべい》じゃなくて桃を僕は食べたいのだがってことはここんちでは客にランクがあって桃を出す客と煎餅で済ます客とがあるのか、失敬な。じゃったらこんなとこに桃など置いておくなというのだ。桃好きの俺の前に。まったくもってやくざな奥方……、あ。九捲さんだ。

あどもどもどもすみませんあさっそくありがとうございますやどうもほんとうにあ僕すか僕は今年で三十八え？　あ歳《とし》じゃなくてはははははそら大笑い……、とじゃあ用が終わったから帰りたいというかすぐ仕事なんだけれどもこの九捲さんは話が長いなあ。桃でも出してくれたら話を聞いてもいいんだけど桃はちっとも呉《く》れないし、ああ桃が食いてぇなあ。桃くれよ、九捲さん。もも。もも。もも。

で、常務にね、僕はいってやったよ、ははは、なんて云ったと思う？　明日から出社しなくていい。給料はこれまで通り払うから、出社するな、とこういってやった訳よ。そしたら船越さんが桃を送ってきた。

桃の話だ。冷静を欠いてはいかん。先《ま》ずは、「あ、そうですか」と感に堪えぬと云った風情で、次は、やや分析的に、「しかしずいぶん沢山の桃ですね」と、云ったところ九捲さんは、「うんそうなんだ。うちは夫婦ふたりだからね、食べきれやしない」とついに云った。ここまでくればもう大丈夫、敢《あ》えて、「手伝いましょうか、なんでしたら」などという必要もない、後はもう水の高きが低きに流れるがごとく、そうだ、君、よかったら少し持って帰らないか、と、なったのであって、はははは、思う壺とはこのことだ。と喜び、あどうもすみませんこんなお土産まで頂戴《ちょうだい》してほんと恐縮ですまた連絡しますと云って、地下鉄に乗って大分行って原稿を忘れてきたのに気がついたけど桃があるから僕はいい。

マンゴー、マンゴー

中上紀

……花粉が飛び交う季節になりました。お元気ですか……。

最近、メールを送る時に〝花粉〟を季語のように使っている。マナーも何もあったものではないが、「春一番」や「梅の花」と同じくらい、あるいはそれ以上に、私にとっては春の到来を感じさせる言葉である。

だいたい、この時期は仕事部屋の窓を開けただけで、二、三発連続でくしゃみをしてしまう。ポケットにティッシュと目薬を準備してからでないと、おいそれと外出もできない。

それほど用意周到になったのも、巷で花粉症が話題にのぼるここ数年来で、テレビや新聞で今日の花粉情報なるものを取り上げるようになったことが大きい。

昔は、花粉症を自覚しておらず、生まれつきの鼻炎だからとあきらめていた。目が痒くなったり、涙目になったりすることがあっても、何故か薬局で目薬を買うことを思いつかずそのままにしていた。自覚していなかっただけで、実はずっと花粉症だったのである。

症状によっては仕事や社会生活にまで悪影響を及ぼすうっとうしい花粉症も、便利なこともなきにしもあらずだ。

たとえば、誰かと話していて話題につまったとき、〝花粉症〟で五分は間がもつだろう。知り合いに限らず、銭湯や病院などで居合わせたまったくの他人同士でも、である。ましてや自分に症状があるなら、しばしの間は悲劇の主人公の気分が味わえるし、相手もそうならますます盛り上がる。どちらのほうが症状が重いだの、友だちや家族の症状はこうだの、延々と続くのである。

もちろん、だからと言って重症の人にとっては深刻な悩みであることは変わらない。

そんな知り合いの一人に、こんなことを言われた。

「いいわねえ。ハワイではさぞかし花粉症なんて悩みはないんでしょうね」

私は三年半前にハワイから帰ってきたのである。

……抜けるような青い空にエメラルド色の海。波しぶきが宝石のようにきらめき、その間を優しい風が吹き抜けていく。トロピカルドリンクを飲みながら椰子の木陰で読書……。

その人の脳裏には、きっとハワイ・パック旅行のパンフレットのイメージ写真のような風景が広がっていたに違いない。いや、実際そうである。ハワイの海も空も、そして椰子の木陰に吹く風もたしかに素晴らしい。素晴らしいのだけど、その爽やかな風が、ある季節になると運んでくるものがある。

一年中温暖な南の島ハワイにも、ちょうどいまごろから四月、五月にかけて、春と呼ばれる季節がある。この時期にしか咲かない花や、吹かない風がある。

マンゴーの花と、ハワイ最大の火山キラウエアを擁するハワイ島から吹いてくる風だ。火山灰を含んだその風はコナ・ウインドと呼ばれ、夏に実るために白い花をたくさんつけたマンゴーの樹の間を通ってオアフ島へやってくる。そして、空気中の火山灰に絡みついたマンゴーの花が花粉症を引き起こす。

かつて、オアフ島西部の海傍の小さな住宅街に、亡父が購入した家があった。買った当時から、その家の庭には三本の大きなマンゴーの木が植わっていたので、いまでもマンゴーを見たり食べたりするたびに、複雑な思いにとらわれる。

日本のように、オアフでもこの季節になるとマンゴー花粉が話題にのぼる。鼻をすすりながら「マンゴーが……」と言えば、人は皆「ああ」と納得したものである。

マンゴーの木はすぐ成長する。オアフの家の台所の屋根にプラスティックの窓になっている部分があり、日に日に高くなっていくマンゴーの木がそこからよく見えた。

春になると咲く小さな白い花は、特にきれいでもないし、良い香りもしない。花粉症の原因だし、落ちた葉や花房が芝生をダメにするので、掃除も楽ではない。

それでも何でもその木を大切にしていたのは、夏になるとたわわに実るマンゴーの実のために他ならない。

だいたい七月ぐらいが、マンゴーの実のピークである。一本の木に何百という実がなるので採るほうも大変だ。梯子をかけたり屋根に登ったりしなくてはならない。しかもこの時期には、野鳥が実を狙ってやってくるので、いたるところフンだらけになり、車のボンネットなどはフンで錆が出てしまったほどだった。

最初は食べるために採っていた。苦労して掃除をしたり、ホースで水をかけてやったりしたのだから、食べずにおくものかという意気込みがあった。

だが、売るほどある実は採りきれるものではなく、高くて届かない枝についているものは、成熟しきって落ちるに任せるしかない。マンゴーに飽きてくると、庭に落ちているものを掃除するのがおっくうになる。だが、放っておくと、庭中、いたるところにマンゴーの芽がふきだす。しかも、片づけなければ腐るし、蟻がたかるし異臭を放つ。

私たちが持て余しているのを見た近所の人たちが、大きなビニール袋を持ってしょっちゅう採りに来るようになった。どうやら一個十セントで路上で売るらしい。

マンゴーは美味だが、私は花粉に弱いだけではなくてマンゴー果汁アレルギーでもあった。汁などが口の周りにつくと、痒くなってくる。食べる喜びを別にすれば、すべての面でマンゴーと私は相性が悪い。

そんな私の思いなどいざ知らず、三本の木は成長しつづけた。実がなって落ちた。台所の横のマンゴーはとりわけ勢いが良く、プラスティックの窓の上にも実が盛大に落ち、ひびが入って取り替えるはめになったこともあった。屋根の雨漏りもそのせいだと言われた。そして、コナ・ウインドが花粉と一緒に吹き荒れ、いつものようにくしゃみと鼻水を運んできたある春の日、とうとう堪忍袋の緒が切れた。

私はいつも暇そうにしている向かいの少年に頼んで、いちばん邪魔な太い枝を切ってもらうことにした。屋根を伝って猿のようにするすると木に登ったフィリピン系のその少年は、あっという間に鋸《のこぎり》で枝を切り落とした。

白い花のいっぱいついた枝は、芝生の上に落ちると、むせかえるような若葉の匂いを放った。少年が、落ちた枝を細かく切ってくれたので、私は汗いっぱいになってそれらを紐で縛り、表に出した。

すべての作業が終わったあと、せいせいしたような気持ちで、すこし涼しげな姿になったマンゴーの木を見上げた。

……さんざん苦労ばかりかけやがって！　ざまあみろ。

ところがである。手や足が痒い。ハワイの人も愛用している日本のムヒをつけても治らず、痒みは全身に広がっていった。

そう、私はマンゴー・アレルギーであった。花粉や果汁だけではなく、木の汁とも相性が悪いのだった。

台所の横のマンゴーの木はさすが私の天敵だけあって、シャワーで洗い流してもその汁の威力は落ちず、痒みを帯びた細かい水泡のようなものが手足から腹や胸や首にまで広がり、眠ることもできなくなっていた。

駆け込んでいった医者は、爪のあとが残るまで掻きむしられた私の皮膚を見て、マンゴー禁止令を出した。

その家はもう他の人のものになっている。台所の横のマンゴーの木は、人手に渡るときに伐り倒された。だが、私の皮膚には数ヵ所、まだうっすらとあの時の引っ掻き傷が残っている。

花粉が飛び交うマンゴーの庭の、せつな気な若葉の匂い。私にとって春というキーワードの中には、そんな光景も含まれる。

メロン

向田邦子

さる名家が客を招いた。

結構な晩餐《ばんさん》の最後は、メロンである。一同、礼儀正しく頂いているところへ、この家の幼い令息令嬢が挨拶に出て来た。一門から宰相や名指揮者を出している名門の子弟らしく、お行儀は満点である。

やがて、宴は終り、客はおいとましたのだが、なかのひとりが、食卓に忘れものをしたことに気づき、玄関から食卓に取ってかえした。

その客が見たものは、

「メロンだ、メロンだ」

と叫びながら、客が礼儀正しく鷹揚《おうよう》に食べ残したメロンを、片端から食べている、生き生きとした二人の子供の姿であった。

聞いたはなしだが、私はこの情景を思い出すと、嬉しくてたまらなくなる。

十年も前のことだが、五人ほどの友人と、京都で年越しをしたことがあった。大晦日《おおみそか》に京都で落合い、八坂《やさか》神社におけら詣り、晦庵《みそかあん》あたりで年越しそばを食べながら除夜の鐘を聞く。年が改まったら、祇園《ぎおん》で舞妓さんをよんであげようという奇特な友人もまじっていて、京都の寒さも忘れるほどの楽しさであった。

夜の町に繰り出す前に、ホテルで軽くおなかを拵《こしら》えたのだが、私は急にメロンが食べたくなった。隣りのテーブルの新婚らしいのが、ほどよく熟《う》れたのに、スプーンを入れているのが目にとまったのである。

ところが、リーダー格の女友達が、おっかない顔をしてとめるのである。ただでさえ高価なメロンを、ホテルの食堂で注文したら一切れいくらになると思うか、というのである。一夜明けたら、祇園へ上ろう、たまには豪気にパーッといこうといっているのに、メロン一切れに目を三角にするとは情ないと思ったが、もっともな言い分なので、ボーイさんを呼ぼうとあげかけた手をおろした。その顔が、よほど食べたそうにみえたのであろう。友人は、そんなに食べたいのなら果物屋で一個買いなさいという。みんなで「乗って」あげる。割カンで買い、ホテルの窓の外に出しておき、冷えたところで食べれば、ホテルの半値以下で食べられるというのである。一同、賛成をしてくれたので、おけら詣りの行きがけに、あいている果物屋で、一番大きい高いメロンを買った。私が一番年下だし、言い出したこともあり、メロンの持ち役は私である。

人波にもまれながら、おけら火のついた細い火縄を、消さないように歩くだけでも骨なのに、抱えた人の首ほどのメロンがごろんごろんして、大した道のりでもないのに、ひどく難儀な思いをした。メロンは、ホテルの窓の外に苦心してつるし、折からチラホラ舞い始めた白いものを見上げながら、天然の冷蔵庫になってきた、と喜び合ったが、さて気がつくと、メロンを食べたくとも、ナイフも皿もスプーンもないのである。仕方がないので、格別、取りたくもないルーム・サービスでサンドイッチやオレンジをとり、皿やナイフ、フォークのたぐいを、暫時《ざんじ》、預らせていただいた。

元旦は祇園で遊び、生れてはじめての大尽《だいじん》気分でホテルに帰り、さて、窓の外のメロンも程よく冷えている。私は、三つの部屋のドアを叩いて廻り、

「メロンですよ」

と触れ廻った。

五人が揃《そろ》ったところでナイフを入れたのだが、一同の期待をこめた深呼吸にもかかわらず、あの特有の香気がしないのである。結果は無残であった。黄色い大根といった味だった。これでもメロンかといいたい代物《しろもの》だった。私たちは絨毯《じゅうたん》の上に車座にな

り、寄せあつめのコーヒーの受皿やサンドイッチの皿で、スカスカのメロンを食べた。みんなひとことも口を利《き》かなかった。

うちの近所の八百屋にも、メロンがならんでいる。一個三千五百円か、高いなあと思って、手に取ったら、お尻のあたりがかなり熟れていたらしく、親指がめり込んでしまった。

買うべきか買わざるべきか、モタモタしていたら、目ざとく見つけたらしい若主人が寄って来た。いたずらっぽく笑いながら、

「キズものだから、千円でいいよ」

と言う。

ちょうど客があったので、四切れに切りわけて出したところ、これがアタリで、何ともおいしかった。柳の下にメロンは二個おっこっていないかと思ったわけでもないが、次に出かけた時も、私はついメロンに手を出した。このとき、うしろから声があった。

「奥さん」

私は奥さんではないが、近所の商店ではこう呼んで下さる。若主人である。彼はニヤリと笑うとこう言った。

「今日は親指は駄目よ」

先手を打たれて、親指メロンはただ一回しか食べることが出来なかった。

お恥しいはなしだが、私は平常心をもってメロンに向いあうことが出来ない。なんだこんなもの。偉そうな顔をするな。たかが、しわの寄った瓜じゃないか、と無理をして見下《みくだ》す態度をとりながら、手は、わが志を裏切って、さも大事そうに、ビクビクしながら、メロンを取り扱っている。

レストランやよそのお宅でメロンをご馳走になる場合は、育ちが悪いと思われてはならぬ。それでなくても向田という苗字はすくないのだから、氏素性《うじすじょう》がいやしいなどと思われては、親きょうだい、いや、ご先祖様にも相済まない。こんなもの、いつもいただいております、という風に、ごくざっと食べてスプーンを置く。

しかし、うちで到来物のメロンを食べるときは、日頃の心残りを晴らすように皮キリキリのところまで、果肉をすくい、一滴の果汁もこぼさぬよう気を遣って食べるのである。このメロンにしても、うちうちで食べるのは勿体《もったい》ない。来客があった時に、と冷蔵庫に入れておくうちに、締切で時期を失し、切ってみたら、傷《いた》んでしまって涙をのむことも多いのである。

一度でいい。一人で一個、いや半分のメロンを食べてみたいと思っていた。ひとりで働いているのだから、しようと思えば出来ないことはないのだが、果物に三千円も四千円も払うことは冥利《みょうり》が悪くて出来ないのである。

ところが、四年前に病気をして、入院ということになった。花とメロンが病室に溢《あふ》れた。食べようと思えば、一度に三つでも四つでも食べられる。幸い、外科系の病気で、胃腸は丈夫なので食欲はある。それなのに、食べたくなかった。

メロンは、病室で、パジャマ姿で食べても少しもおいしくないのである。高い値段を気にしながら、六分の一ほどを、劣等感と虚栄心と闘いながら食べるところに、この果物の本当の味があるらしい。

西瓜の味

堀江敏幸

　夏、大衆的な和食レストランで、値段の下二桁が八十円で終わるコースメニューを頼んだりすると、デザートにミニチュアみたいな西瓜《すいか》の切り身がついてくることがあるのだが、西瓜のあまみを堪能するには適度な「なまあたたかさ」が必要なのに、かき氷さながら冷えているのが私にはどうも気に入らない。そして、気に入らない、と心のなかでつぶやいた瞬間、少年時代の夏休み、友だちや親戚のところへ遊びに行って西瓜をごちそうになるたびに、西瓜の食べ方には家庭によって微妙な差があり、しかもそのほんのちょっとした差が味を大きく変えてしまうという事実になかば呆然《ぼうぜん》としたことを思い出す。

　たあいのない話だ。ミカンの皮をどちら側から剝《む》くか、実についている繊維を取るか取らないかという問いとおなじで、正解なんてどこにもないのに、育った環境でたまたま教えられたやり方がぜったい正しいとみな信じ込んでいる。たとえば切り方。リンゴやオレンジを切る要領で八つ切りにする家と、それをさらにカマンベールチーズ――まあ私の世代の、幼少時に外国で暮らしたなんて人間を除けばそれが「知識」の限界だと思うし、言い方としても正しいと思うが、要するに円形の箱に入った扇状のプロセスチーズ――の形に切り分ける家がある。私はと言えば、その場に居合わせた面子にあわせて、子どもや女性やお年寄りが多ければ小口に、汗くさい男ばかりなら大雑把な八つ切りにすればいいし、それだって西瓜ぜんたいの大きさに左右される些末なことだと考えていたのだけれど、西瓜とはこう食べるものだと決めつけて譲らない人間が、なぜかまわりには多かったのである。

がぶりと噛みつくべきか、スプーンで品よく食べるべきか。噛みつく場合、食べるまえに指先ではじいたり掘り出したりして種を取り除くべきか、それとも口に含んでから出すべきか。口から出す際には、漫画の主人公よろしく、ペッ、ペッと飛ばすべきか、手で静かにつまみ出すべきか。行儀の悪い前者について補足すれば、西瓜は縁側で食べるべきものだとしたり顔で述べる、ベランダすらないアパート暮らしの友人もいて、私はその理想と現実のあまりの懸隔に涙したものだ。

それればかりではない。西瓜に塩を振る、もしくは塩をつける家にも悩まされた。なにもつけない自然のあまみが好きな私に、ある友人の母親は、西瓜を食べるときは塩をつけるんですよ、お汁粉を食べるとき、あいだに塩昆布なんかをつまむといっそうおいしく感じられるでしょ、塩をつければかえってあまみがひきたつのよ、と解説してくれたし、やはり塩をつけるのを前提にしていた友人の家では、誰もが円筒の瓶に入った人工的な味のする食卓塩をざっと振りかけていた。その友人は、粗塩を小皿に入れ、それをひとつまみかけるのがいいんだと繰り返すべつの友人の流儀を、しゃらくさいと小馬鹿にしていた。

好きなように食べればそれでいいじゃないか、と私はぶつくさ言いながら、割り当てられたぶんだけ、黙々と平らげていった。西瓜に関して一家言を持たないことを恥じる余裕などなかった。そもそも私にとって問題は、好物の西瓜を食べ過ぎて翌日お腹をこわしはしないかという点にあったからである。海水浴に行き、ながながと泳いで渇ききった喉に岩場で冷やした西瓜の果汁を流し込んだときなど、そのえも言われぬ美味に酔いしれつつ、これでまたいっそうお腹が冷えるのではないかと情けない心配ばかりしていた。和食レストランでデザートとしての西瓜に出会うたびに、さまざまな西瓜のありようとそれにまつわる記憶が脳裏をよぎって、舌のうえはとても複雑な味になる。

ところでひところ、私の部屋の一角に、ほかならぬ海水浴場での西瓜割りを描いた絵が飾られていた。絵と言っても、じつはテレビアニメ『サザエさん』で実際に使われたセル画で、これはある夏、妻とまだ幼かった娘が長谷川町子美術館を訪れたとき、たまたまおこなわれていたクイズ&ジャンケン大会で苛酷な試合を勝ち抜き、賞品としていただいてきた貴重な品だ。そこには「海水浴客一万人」と銘打たれた新聞記事が描かれていて、写真にはなんと西瓜割りに失敗した波平の姿が写っている。娘の記憶だからあてにはならないけれど、海で西瓜割りをしてみごと成功したと威張っていたのに、その嘘を偶然とらえられた写真で暴かれ、恥ずかしさのあまり熱を出すという話が、いつか放映されたという。

何度目かの挑戦で割られた熱い浜辺の西瓜は、それでもあまく、みずみずしかっただろう。しかし思いがけず恥ずかしい姿を、家族ばかりか不特定多数の読者の目にさらされた波平にとって、以後、西瓜の味は、赤面するしかない記憶の塩を振られて、ほんのり苦みを増したにちがいない。

この夏はスイカを食べずに過ぎにけり。

伊藤比呂美

すっかり秋です。蟬は死に絶え、雲も落ち着き、まだ暑い日はあるけど、数ヵ月前みたいな、てんぷらに揚げられている最中というような苦しみはなくなり、人心地ついたところで、はて、今年の夏はスイカを食べなかったと思い出した。

去年は食べた。食べまくった。夏だけで一生分のスイカを食べた。

うちのほう（カリフォルニアですが）のスイカは、いわゆる緑と黒のスイカ柄ではなく、まん丸というよりなんとなく丸く、そして細長く、果肉はぼやけたような薄赤色で、種もないが甘くもない。スイカというより、かぎりなくキュウリに近い味なのである。

日本のカットスイカには、糖度十二度や十三度の表示がついておる。あんな表示をアメリカのスイカにしたら、せいぜい二度とか三度とかだから、表示なんかしないほうがいいに違いない。いや、スイカにかぎらず、果物の存在自体が、日本とアメリカではまるっきり違う。

日本の果物は、果物というより工芸品だ。サクランボやビワが箱のなかでぴーっとならんでいるようすは、いつ見ても感嘆する。大きなリンゴやナシやモモがひとつひとつネットにくるまれて保護されているのを見ても、感嘆する。

お値段を見ても、感嘆する。うちのほうじゃメロンの底値は、三個で一ドル、グレープフルーツの底値は、七個で一ドル。あとは量り売りだからわからないが推《お》して知るべし。スイカは一抱えもある巨大なのが、二〜三ドルで買える。

工芸品じゃなくて果物だから、アメリカの果物は木からもぎ取ったものの味がするかといえば、まったくしない。大きな工場で作られて配送されてきたものの味がする。どれも堅くて、熟《う》れてなくて、熟れてないから苦くてすっぱくて、かじり取ることさえできなくて、それで、買ってきて置いといて熟れるのを待つのである。ところが、いつ熟れるのかわからない。熟れたってちっとも甘くならないこともある。というか、そのほうが多い。スイカもまたそのとおり。切ってみたら、糖度が一度や二度でも、まあこんなものかと思うばかりだ。

とりあえず水分補給にはいい。果物というだけでつめたいから、からだのほてりを取るのにもいい。言い換えれば、からだを冷やすためにはとってもいい。ああやっと本題に入ってきた。

あたしは、もともと果物はあんまり食べない。からだが冷えるのがいやなのである。とくにここ数年、朝の起き抜けに冷蔵庫から出したてのヨーグルトなんかを食べたりすると、からだが芯からつめたーくなり、冬眠前の変温動物みたいになっちゃって、動くこともできなくなってしまうので、ほとんど食べなくなった。

起き抜けの牛乳も、牛乳をかけた朝のシリアルも、それから果物も、同じ理由で食べなくなって何年も経つ。午後になれば、からだはじゅうぶん動いて温まっているから、食べられる。でもほんの少し。でないとまたからだがつめたーくなって、変温動物が冬眠するときみたいになって、動けなくなるのであった。

ところが去年。シーズンのはじめに、何の気なしにスイカを食べた。そしたらからだがすうっと冷えた。一昨年までは苦痛だったそれが、なんと爽快に感じた。ここ数年、つねに暑くてたまらなかった。何年もの間、あたしはずっとほてりっ放しだった。何をしてもおさまらなかった。いつほてり出すかもわからなかった。そして汗だくの汗みどろになった。あたしの汗は体育会系の部室のようなニオイがする。いつも汗臭かった。それが、たった一片のスイカのために、一気に芯からうち冷まされ、あたしはいきなり霧が晴れて視界が広がったような気がしたのである。

つまりあたしにとって、更年期の冷えと同じくらい大きな問題が、更年期のほてり、俗にいうホットフラッシュだったわけだ。

スイカ。

去年はそれが、ほてるあたしを、内面からうち冷ます唯一の手段であった。

食べた食べた食べた食べた。

三日にあげずスイカを買った。デザートはいつもスイカだった。そのうち家族どもは飽きて食べなくなったから、あたしはひとりでスイカを食べつづけた。その果肉は、もしかしたらエストロゲン配合なんじゃないかと思われるほど、つーんつーんとからだの奥底に呼応して、あたしのほてりをうち冷ました。

それなのに、スイカ、今年は食べなかった。食べずにすんだ。食べたいとも、食べねばならぬとも思わなかった。ホルモン補充療法の効果かもしれない。閉経が終わったせいかもしれない。とにかくあたしは、ほてらなくなっていたのである。

西瓜の舟

青木玉

風が絶えて目の前がぼんやりするような暑さだった。体中から汗が滲《にじ》んで居眠り寸前、子供たちも猫も、体を放り出して、昼寝の夢のなかを駆け回っている。

と、その時電話が鳴って、取った受話器から元気いっぱいの声が飛び出してきた。

「私は◯◯ですが、この間お宅の御主人と電話で久し振りにお話したんですよ。お子さん方、もう学校ですって、可愛いでしょ、こっちは、今、西瓜《すいか》の出来る時期で一つそちらに送りましたから食べてみて下さい。今年はとっても出来がいいんです。それじゃあ」と切れた。一遍に目は醒めたが、相手のことは何一つ分からない。ただ西瓜が送られてくることだけ理解したままでだった。翌日になって実に立派な俵なりの西瓜が、藁《わら》で編んだ円座に、どっかりと腰を据えて届けられてきた。八百屋の店先でお尻をたいて品定めをする安直なものではない。品評会の展示品の風格がある西瓜だった。

主人が帰宅して、送り主の名前を見て「ああ、この人、医者になったばかりのころ講習を受けに来た保健婦さんで、勢いのいい人だったろ、懐しいなあ」と喜んだ。

何しろ大きい。台所で使っている菜切り包丁がおもちゃのように見えて、どこから刃を当てたらいいのか迷ってしまう。思い切って包丁の峰が隠れるほど切っても口も開かない。そろりそろりと三分の一くらいまで包丁を進めたら、ぱりぱりと緑色の皮がはじけ一気に笑み割れて、真っ赤な色が現れた。あたりは瓜特有の甘く熟《う》れた匂いが溢《あふ》れ、目を見張っていた子供達は、おいしそうと声をあげた。

真ん中の種の少い所を、スプーンでくりぬいて口へ運ぶ。これ以上の贅沢《ぜいたく》はない食べ方をした。ほんとうの西瓜好きの人からは睨まれそうだが、あとは西瓜舟にする。かき氷と砂糖を入れて冷たく甘い露を吸った。舟というにふさわしい大きな西瓜は、飲んでも飲んでもたっぷりの甘露が湧いた。ほかの果実が持つ酸味や粘りがない甘さは口に飽きない。体中の血液の半分は西瓜の果汁になってしまったかな、と愚にもつかぬことを思って楽しかった。

夏休み、大きな西瓜を楽しんだ時は過ぎて気がつけば、出盛りの西瓜を八百屋の店先で売ることもなくなって、スーパーマーケットの果物売り場に、他の果物とモザイク状に小さくカットして詰め合せた西瓜は、おしゃれなカップで売られている。それはそれでよかろうと思うものの、夏の渇きを甘く潤してくれた西瓜の舟は懐しい。

西瓜が終り、蟬やとんぼを追っていた子供たちの姿が減って、夕暮れの色がいつとはなしに深くなり、こおろぎの声が庭からも、時に家の中からも聞こえてくる。夏はどこへ行くのだろう。台風は北上して消えるが、積乱雲の湧き上がる南の海へ夏は帰り支度を始めている。

青木玉

ぶどうの房

村岡花子

甲州《こうしゅう》といえば何といってもぶどうのことを一番さきに思いだす。「思いだす」という程度ではない。いつも「思う」のである。わたしにとっては味のふるさと「甲州ぶどう」というわけである。

元来わたしは甲州生まれの東京育ちで、小学校から東京である。だから郷里《きょうり》の山梨県についての記憶はほとんどなかったといってもいいくらいである。それで学校を卒業して母校の姉妹校・山梨英和女学校に三、四年奉職してから俄然《がぜん》、わたしのふるさと認識は深まってきたのである。学校は甲府市の北方山の所にあったが、市内は勿論《もちろん》のこと、郡部からたくさんの生徒がきていた。

郡部の人たちは寮にいたのが多かった。その時分は学校といっても、きわめて家庭的で休日には教師たちを生徒が自分の家へ招待することが多かった。時には泊りがけで出かけた。

そんな秋のある日、わたしはある生徒の家へ泊りにいった。それは勝沼であった。勝沼は県下でも有名なブドウの産地である。その頃は今のように山梨県の果樹栽培も多角経営ではなかったからほとんどブドウ一つのようであった。よく話はきいたが夏の末から初秋にかけて台風が襲ってくることがある。せっかく丹精したブドウ棚がめちゃめちゃにこわされてしまうと村の若者も老人もがっかりしてしまってふとんにもぐりこんで起きてこなかったそうである。つまり、一年中の収入をブドウ一つにかけているので、ブドウの季節の天気のよしあしは一大事であった。

わたしが招かれていった秋の休日はその夏中好天気《こうてんき》に恵まれてブドウはたいへんによいできであった。家中ではさみを各々に持ってブドウ園へでかけていった。「あらこれがいいわ」「あっ、こっちのほうがふさふさしているわ」などと口々に品定めをしながら〝チョッキン・チョッキン〟と一房《ひとふさ》ずつきってはその場でたべるのだ。今考えると洗わなかったのかしらと思うのだが、洗う必要などは誰も考えなかった。秋のブドウは純粋の日本ブドウで粒は大きく、色は薄紫で全体に粉《こ》がふいている。その粒がまたきわめて大粒で一房一房がきっちりと生《な》っていた。

口に入れるとトタンに口の中でとけてしまうその美味といったらたとえるものがな

い。種子は勿論あったけれども、誰も種子をだすことなんか考えない。そばからそばからせっせと一粒ずつむしっては口へ入れる。この美味は、今、こうして考えてもたまらない感じである。そして帰校の際には籠に一杯、新鮮なブドウを詰めて帰る。まさに秋の醍醐味《だいごみ》である。

その後他県や甲州でもマスカット栽培が盛んだから、あちこちから送られてくるのだが、わたしにはどうもマスカットやその他の土地のブドウは性にあわない。何といっても甲州の日本ブドウが一番の好物である。

薄紫のブドウにはさまざまの若い歳月の思い出がこもっている。今になってこれを味わうと、遠く過ぎさった若い日の喜びや悲しみがまざまざとよみがえってくる。それらの思い出は主として甲州につながっている。結婚前の若い歳月を女学校教師として過ごしたのが甲府で、いわばわたしの青春は甲府につながるといってもいいだろう。そしてそれと一緒に紫のブドウが必ず浮かんでくる。

何年か後の戦争中に小学生の娘と姪を甲府に疎開させたがその時の手紙には「ブドウをたべましたが皮は土を掘って埋めてしまいました」と書いてあった。戦時中にはブドウは庶民の口には許されなかったのである。それをこっそり宿の人がこどもたちにたべさせたのである。

ここまでくるとブドウにはわたしの涙がこもっている。今はとにかく、ブドウなどたべ放題のことが感激の至りである。

村岡花子

梨の季節

宮沢章夫

夏ももう終わるが、どうやら夏は梨の季節だったとあらためて私は知ったのだった。帰郷して小学校のときからの友人の家に遊びに行くと、「これを持って行け」とばかりに箱いっぱいの梨をもらった。色もよく、大ぶりで美味しそうな梨だ。それで両親の家に戻ると、母が近くの人からもらったという梨がやはり箱いっぱいあった。

私たち家族は途方に暮れた。

食べきれないほどの梨である。食べても食べても梨は減らず、このままでは腐らせてしまう恐れもあって、とにかく可能な限り食べるしかなかった。その翌日だ。私の舞台の制作という仕事をしている者の両親から宅配便が届いたのだった。なにかいやな予感がした。

包装をはがす。箱を開ける。

梨である。

やっぱり梨だ。こうなるとなぜ夏は梨なのかいやな気分にすらなってくるのだ。想像を絶するほどの数の梨がいまこの家にある。ひたすら食べるしかほかに方法がなく、食べるというより、これはもう、ただひたすら梨の皮をむくといってもいいような状況である。

そして次の日、妹が帰郷してきた。手になにか袋を提げている。

「梨じゃないだろうな」

私が言うと、妹はきっぱり答えた。

「夏は梨だよ」

まったく妹の言う通りだ。

私たちには手に負えない数の梨がこの家にある。それで気がついた。もらうばかりでは梨がたまる一方だ。だったらこちらから攻撃を仕掛けるしかないではないか。

箱を抱えて私は近くに住む親戚の家に行った。玄関の前に立って呼び鈴を押したが返事がない。ドアに手を掛けると鍵が掛かっていないことがわかった。そのまま箱ごと梨を黙って置いていってしまえばいいと思い、私はそっと中に入った。

見れば、上がりかまちに梨である。

箱に入った梨がすでに置かれている。先客があって梨を置いていったにちがいなく、黙って私も置けばよかったが、なにか先手を取られたようないやな気分がし、箱を抱え逃げるように親戚の家を出るしかなかった。

こうなったら親戚でなくてもいい。どこかの家に入っていって梨を置いてくるべきかもしれない。だが、どこの家に行ってもきっと玄関に梨がある。なぜなら、夏は梨の季節だからだ。

果物は好きですか

角田光代

果物は好きだがめったに食べない。皮を剝《む》いたり切ったり種を取ったりするのがめんどうだからだ。そんなことをするくらいなら、食べんでよろしい、と思ってしまう。だれかが剝いたり切ったりしてくれるのがいちばんいい。そうすれば食べる。

自分で書きながら、なんと図々しいと思ってしまうが、でも、そういう人は多いのではないか。そういう人が二人いても三人いても、果物は食卓に登場しない。みんないやなんだもの。

でも私は果物が好きだ。いちばん好きなのは、桃。それから梨。メロンもいいな。でも食べない。メロンはわりあいにめんどう度が低いが、四分の一に切って残りにラップをして、と考えるとちょっと躊躇《ちゅうちょ》する。

桃も梨も、季節が限定されるので、店頭で見るとああ食べたい、と思う。おいしいんだよなー、桃。梨。と思う。そう思う五回のうち二回だな、買うのは。そして買ったはいいが、すぐ食べない。よっぽど果物にたいしてやる気のあるときでないと、冷蔵庫から取り出さない。

マンゴーをはじめて食べたとき、あまりのおいしさに悶絶《もんぜつ》し、こんなにおいしいものを知らずに生きてきたのかとすら思った。そうして自分で買ってみたのだが、なんですかあの種。ぬるぬると皮が剝きにくいのは、まあ、いい。桃だって似たようなものだ。だけれどもそこから切ろうとして、切れない。種が意外に大きくて、かたちもよくわからず、切るというより「剝《は》ぐ」ような感じになってしまった。

後日、インターネットで「マンゴーの切り方」というページが見つかって、驚いた。身の細いほうを立てて、まんなかをちょっとさけて左右両側を切る。「三枚に下ろす」と書いてある。魚でもないのに！　そして切った左右二つの身に、格子状に包丁を入れて皮を裏からぐっと押す。お店で出てくるマンゴーみたいになる。

こんなにかんたんだったのか……。それにしても、なんだこの平べったい種は。いったいどれほどの人が、マンゴーに種なんてなければいいのにと思ったことだろう。

そんなにかんたんなマンゴーすらも、食べたいと思う八回のうち、一回くらいだな、買うのは。なぜなら、かんたんな切り方を覚えたすぐあとに、買ったはいいが、まな板に置くとき身の細いほうを立てるのだか太いほうを立てるのだかわからなくなって、結局失敗してまた「剝ぐ」状態になり、「なんだかもうめんどう」と思ったからだ。

そんな私がもっとも買う度合いが多いのが、バナナ。毎朝私はミキサーでバナナと豆乳をガーッとやって飲んでいる。バナナって本当に偉大。ひとりで勝手に甘いし、皮なんてあんなにかんたんに剝けてくれる。

こんなに毎日毎日バナナを食しているのに、好きな果物は、と訊かれれば私は、うーん桃、いや、梨かな？　メロンもいいよねえ、と答える。バナナ好き？　と訊かれれば、バナナかー、なんとも思わないな、バナナのことなんて、と答える。

私、本当に果物が好きなのかどうなのか、ちょっと疑問に思えてきた。ごめんねバナナ。

たまには果物の話もしよう

檀一雄

毎回毎回酒のサカナに類することばかり書いているようで気がさすから、今回はやや季節はずれの感もあるが、果物の話でも書いて、せめてもの罪滅ぼしをすることにしよう。

日本人は、たれでも日本は果物の宝庫だと思い込んでいる。そう思い込んでいるのはけっこうだが、実は、元来は果物の貧寒なところだと、私は強《し》いていってみたい気がするのは、たとえば中国の広州などという本来の果物の宝庫を知っているせいかもわからない。

やっぱり、少なくも亜熱帯の圏内でなかったら、ほんとうにアゴのはずれるような、珍奇で、豊満な果物の生産はむずかしいのではないだろうか。

バナナだって、パインアップルだって、茘枝《れいし》、パパイヤ、マンゴー、マンゴスチン等々、を抜きにして、果物の宝庫だなどとはいっていられないような気がするからだ。

なるほど、働き者の日本人の精進努力によって、カキも、ナシもブドウも、モモも、ミカンも、リンゴも、イチゴも、まったく見違えるような千変万化の彩りと、味わいと、匂いと、歯ざわりのものを生むに至った。

五十年むかしの日本人はとても想像もできないような品種改良を遂げて、考えようによったら、日本は世界の果物王国の一つに数え入れてよいかもわからない。

たとえばパリに行って、パリの街頭を眺めまわすと、まるで山リンゴのようなちっぽけなリンゴがならんでいる。あとは真っ赤なオレンジと、バナナぐらいのものだった。

「へえー。フランスには、こんなリンゴしかないのかね」

と私が愛国心も手伝って、口に出してみたところ、

「フランス人はこのリンゴが一番うまいといって、日本人みたいにやたらと目さきを変えないんだ。保守的なんだね。しかし、実際うまいんだよ。このリンゴは……。なんともいえない風味があって……」

と滞仏五年の友人にたしなめられた。

そういわれて齧《かじ》ってみると、小さいながら、なにかこう、緻密《ちみつ》な、フクイクとした

香気のようなものが感じられた。

「へえー、これが、フランス人好みの風味かね。なんていうの？　フランス語で、こういう風味を？」

と訊きなおしてみたところ、

「風味っていうような、ハッキリした表現はフランスにはないよ。うまいと感じりゃいいじゃないか。日本の、やたらと目さきを変えたような新品種のリンゴより……、これのほうがうまい」

と、その友人は、いつのまにか、フランス人になってしまったようなロブリになった。

私はまるでおこられてでもいるように気弱くなり、日本人の働き蜂が改良した、種々雑多の、リンゴの彩りと、匂いと、味の責任まで負わされてしまったようなショゲ方であった。

戦前までは、リンゴといったら、紅玉と国光ぐらいしか知らなかったのに、今日、果物屋の店頭には、デリシャス、ゴールデン・デリシャス、インドリンゴ等、百果繚乱の有様であって、国光などバカ安い値段をつけられ、こっそり身をかくすようにして、並んでいる。

私はやっぱり、昔馴染みのものが安心だから、その国光を買って帰って齧りながら、韓国の大田の周辺だの、満州の旅順近傍だのに、日本人が植えつけた国光の木は、今も年毎になっているだろうかと、そんなことを思い出したりする。

リンゴは大々的に品種改良されたが、カキはその原木が中国・日本ぐらいにしかないせいか、あまり変化を見ない。たしか、フランス語でも、カキは「カキ」と日本流に発音されるくらいだから、改良の余地が少ないのであろう。

だから今でも「富有《ふゆう》」と「四ツ目柿」が代表種のようなものだろう。ただ少なくなったのは「タルガキ」であって、私の少年の頃は、樽の中で渋抜きされた冷たいカキを、寒夜、コタツの中で齧るのが無上のしあわせであった。

ブドウは、しばらくネオ・マスカットが市場を席巻したように感じられていたところ、九州の田主丸《たぬしまる》から「巨峰」とかいう新品種がなぐり込みをかけた形で、昨年あたりは「巨峰」時代に突入した感があった。

私は、中国のウルムチや哈密《ハミ》で、シルクロードに名高いブドウも喰べ、哈密瓜《ハミカ》にありつくしあわせにもめぐり合ったが、哈密瓜はまた「冬瓜《トンカ》」といって、土の中にいけ込んでおくと、いつまでも味が変わらず、二、三月頃に掘り出して賞味する、文字どおり天下の珍果ということになっている。

うまいにはうまかったが、草野心平さんと私は、主としてアルコールのほうに埋没していたから「清脆梨《セイゼイ》ノ如ク、甘芳醴《カンボウレイ》ノ如シ」などというもったいないモノにはいっこうに感じられず、ただムシャムシャと喰ったただけだ。

まことに猫に小判のたぐいであって、心平さんなんか、ひょっとしたら、哈密瓜を喰べたことだって忘れているかもわからない。

＊

などと書いてしまうと、もう酔っぱらいに果物など送るなということになりそうだから、あわてて書き足しておくけれども、毎年、さるところのご厚意で送っていただく岡山の白桃は、これは、まったくおいしい。

瀬戸の「みきや」という農園のものであるが、これこそ「甘芳醴ノ如シ」というのだろう。岡山の白桃はほかの農園からも送っていただいたことがあるが、土質のせいでもあろうか、まったく段違いであった。

それに今頃の時季だと、屋久島の岩崎農園でつくられるポンカンが甘くておいしい。

私は岡山の白桃と、屋久島のポンカンを送ってくるときだけは、子供にも見せず、こっそりと私の書斎の、書棚の中にかくし込んで、深夜の酔いざましに惜しみ惜しみ、喰べるのである。

わが家にだって、果樹はある。カキあり、ザクロあり、モモあり、ハタンキョウあり、ビワあり、夏ミカンあり、ユスラウメあり、グミだってある。

私の幼年の日に郷里の庭さきにあった果樹を、思い出すままにたいてい植えたつもりだから、

「ほら、グミがなったよ。グミが！」

と大騒ぎをするが、グミやユスラウメなど、子供たちはほんの一、二粒、お義理につまんでみるだけで、

「ああ、すっぱい」

あとはわが家の木立ちに巣喰っている、おびただしい尾長の好餌になるばかり。カキや、モモや、ハタンキョウは、ほんの申し訳に二、三顆《か》がなるばかりだ。夏ミカンは、文字どおり、たった一顆、黄金の輝きを見せている。

去年、バカなりになったのはビワであった。そこで厳重な統制を行なって、もう一日、もう一日、と最後の熟成を待っていたところ、その最後の日に、尾長の大々攻撃を浴びて、まったく一粒のビワの実も、残さずじまいになった。

くだもの　やさい

石井桃子

　二年ほどまえ、体の調子が悪く、お医者さまに検査してもらったら、私の血のなかには、コレストロールというものが、普通の人の二倍もあるのだということがわかった。その時、はじめてコレストロールというものの存在を知り、いろいろ聞いてみると、それは動物性脂肪のつぶつぶのようなもので、それが血のなかにあまりたくさんたまると、血が濃くなり、血管の内側にもくっついて、動脈硬化になるのだということだった。動脈硬化は、年のせいでしかたがないとしても、とにかく、コレストロールの数が、あまりに多すぎる。動物性の脂肪のつよいものは、とらないようにという注意だった。

　そこで、その後、バタやブタ肉のようなものは、マーガリンや軽い魚というように切りかえたら、見る見る痩せはじめた。おかしなことに、依然としてコレストロールの数は減らないのに、それまであった妙な目まいはなくなった。

血圧も高くないし、お医者さまが、先天的な体質かもしれないから、あまり気にしないようにといってくださるのをいいことに、呑気にしているが、自分ながらおかしいと思うのは、肉好きだと自認していたのに――ブタの三まい肉などは、大好きだと考えていたのに――そんなものを、いっさいとらなくても、平気なことであった。

元来、私の舌は、加工された食物については、あまり気むずかしくはないのかもしれない。よく雑誌などで見る、「肉なら、どこそこのどういう料理」「洋菓子なら何々屋」のでないと食べられないというような記事は、私には、羨《うらやま》しいような潔癖さに見える。これは、農家の娘であった母に育てられ、長じては、幸か不幸か、嫁しずいたら、けんつくをくわされたりする亭主というものがなかったから、生まれたままの感覚を訓練したり、変形させたりチャンスがなかったためと思われる。

脂っこいものが食べられなくなってから、いままで味わったもので、何がダイゴミというようなものを経験させてくれたかと考えてみると、そのあまりにもさっぱりしていることにおどろかされる。

第一が、五歳くらいの時に食べたサヤエンドウのおみおつけである。畑からとりたてを煮たもので、プツッと口のなかでつぶれた時、全身にしみわたるようなうまさを味わった。その時の感覚が、あまり鮮明だったので、そのおみおつけができるまえ、われわれきょうだいが「まあちゃん」とよんでいたおじいさんと、かごをもって、近くの畑にそのサヤエンドウをとりにいった光景までが、おまけにくっついて思い出されるほどである。それ以来、サヤエンドウのおみおつけは大好きになったけれど、このごろでは、一度もああいうサヤエンドウにぶつかったことがない。

第二の記憶は、サヤインゲンである。（豆科の野菜ばかり出てくるようで、おかしいけれど）。私の生まれた浦和市では、七月一日が天王様で、おみこしが出た。その日、母は、うどんをゆで、氷でひやし、それを、すりごまとサヤインゲンを入れたたれで食べさせる。学校から帰ってくると、広い土間のある、うすぐらい台所の隅《すみ》の棚の上の、私たちがとうしとよんでいた広い、あさいかごに、山盛りいっぱい、サヤインゲンの若いのが、ゆでてある。それをいくつのころだったか、学校から帰るなり、うどんのたばのように両手につかんで、むしゃむしゃ貪《むさぼ》り食ったのを思い出す。おいしくておいしくて、食べずにいられない気持だった。

このように、加工の度の少ない食物に満足を見いだしたのは、ふだんから、あまり手をかけないものばかり食べさせられていたからに違いない。じっさい、私の家は町はずれにあり、まわりの畑地もたっぷりあったから、野菜はもちろん、くだものも、かなり大きくなるまで、みかん以外は、買って食べるものにはなっていなかった。

石井桃子

初夏には、イチゴがあった。これは、浦和には農事試験場というのがあって、明治のころ、ずいぶんハイカラなものを外国からとりよせ、町民にも分けていたというから、私の家のは、そこのイチゴの子孫かもしれない。

イチゴがおわると、アンズ、ビワがおっかけてきた。じゅずなりという言葉があるけれど、このころの私の家のアンズほど、おしくらまんじゅをして枝にぎっしりしがみついていたアンズを知らない。それも道理で、この木は、便所のすぐわきにはえていた。

ビワの季節は、天王様のうどんと一致していた。これは、家の囲いの外、畑地のとっつきにあって、この木の下がごみ捨て場になっていたため、やはり、こやしにはこと欠かなかったと見え、盛りのころは、実で木が黄いろくなるほどであった。ビワの木は、水平の枝がたくさん出ていて、木登りがたいへんやさしいということを、私たちきょうだいは、経験から学んだ。この実は、もいでは、知人に配ったが、時には、遠くの男子師範や中学の寄宿から、夜陰に乗じて遠征してくる者もあるのだと、姉たちはいっていた。

ビワがおわると、何本かのハタンキョウが待っていた。これには、外側が赤紫に熟《う》れるのと、外は青白いのに、なかが真赤なのとあった。これが食べられるころは、東京から夏休みのいとこたちが泊まりにきて、私たちはセミとりに忙がしくなる。一本のハタンキョウの木が、とくに私に好ましく思われたのは、それが実をつけて私たちに食べさせてくれるだけでなく、木肌が白いため、その下に忍んでゆくと、必ずオーシイツクツクをつかまえることが出来たからだった。

もちろん、夏休みには、くだもののほかに、トウモロコシができたから、これは、だれがもらったのが大きいとか、小さいとか、いつも東京から来た子供たちのあいだでは喧嘩の種になった。

秋は私の家の果樹の王、柿の季節である。母と兄は、柿が一ばん好きだった。柿が黄いろくなりはじめると、母は近所の人たちに気兼ねをした。子供たちも多く、自分も好きなので、そうそうひとに分けていられないのだが、美しくならしておくのは、近所の人たちの目の毒だと考えたらしかった。ある年、兄がビルマに行っていて、秋の終りに帰るというので、母は、小さい柿の木を一本、手つけずにとっておくことにして、私たちにもその旨をいい含めた。ところが、そのころ、無遠慮な人が近所に住んでいて、ちょいちょいやってきては、立ち話しながら、ポキポキ、柿をもぎっては立ち食いをしていく。話が目的ではなく、柿を食べにくるようだった。とうとう、ある日、母はたまりかねて、兄のためにとっておくことにきめた柿の木に、大きな風呂敷をかけた。いくら風呂敷が大きくても、柿の木を包むわけにはゆかなかった。まじめな顔で、その作業をやっている母を見て、私たちは笑った。

もぎたてのくだもの、とりたての野菜で育った因果には、私は、いまだに、むかし私の家にあったくだものを買う時には、躊躇《ちゅうちょ》する。ことにビワなどは、あのうすい紙に包まれた、スパスパのくだものなどは、むきながら、水がたれて困ったむかしのビワとは、まったく別のもののような気がするのである。

先日、姉が、現在ではなおす手だてのない病気で死んだ。そのちょっとまえ、何とか、一瞬でも、苦しみを忘れさせる方法はないかと思い、メロンを届けた。何も胃におさまらなくなっていた姉が、それをひと口だけ食べて、「天国にのぼったよう」といったと聞いた時、私は、ああ、それは、幼い私たちが無我夢中で味わった天国のひときれではなかったかしらと思った。

石井桃子

果物の一夜

光野桃

ちょっと駅まで行ってくるね、と出たまま、母はなかなか戻ってこない。

いつもよりずっと早い夕方、いま着いた、と父から電話があり、母はわたしに留守番を言いつけて迎えに出かけたのである。

昼間と同じ明るさだった空が、次第に青みを帯びてくる。だんだんとそれが目と同じ高さに下りてきて、風景が青の中に沈んでいくと、急に心細さが増した。おなかのあたりがすうすう寒く、テレビをつけても弟に話しかけても、すっかり落ち着かない気持ちになり、家から出たり入ったりした。玄関から道路までの間には細い路地がある。十歳のわたしは母のベージュ色のパンプスを引きずって門の前に立ち、路地の入り口を凝視していた。

何度目かのそれを繰り返したとき、路地の先から明るい声が聞こえてきた。急いで見にいくと、息せききった様子の母がにこにこ笑って小走りに駆けてきた。

「遅くなっちゃって、ごめんね」

そう言いながら、母は玄関の上がりかまちの上に小さな紙の箱をそっと置いた。覗《のぞ》き込むと、そこにはびっしりと大粒のサクランボが並んでいる。わぁ、サクランボだ……と思うまもなく、「こっちこっち」と弾んだ父の声がして、運動靴の走る音がタッタッタッタッと聞こえてきた。

「まいどっ」

見覚えのある顔が、紺色の野球帽の下からわたしを見てそう言った。駅前の果物屋のお兄さんだった。両腕に何段も重ねた大きな木の箱を抱えている。どこに置きましょう、ここでいいかな、威勢よく言うと、またタッタッタッタッと戻っていく。

何が起こったかわからないまま呆然《ぼうぜん》としていると、「ほら、もも子も運ぶの手伝って」と母の声がかかった。

果物だった。果物が次から次へと運ばれてくるのだ。スイカ、葡萄、甘夏、パイナップル、ビワ……。大きな木の箱の中には、柔らかそうな和紙に一つ一つ包まれた水蜜桃《すいみつとう》が、パールの粉を刷《は》いたような白い和毛《にこげ》をきらきらときらめかせて、上等な和菓子のようにふうわりと眠っていた。

「すごい、すごぉい、こんなにたくさん、たくさん」

わたしは叫び続けた。これほどの果物を、家の中で一度に見たことなど今までなかったのだ。

桃やビワはたいてい三個か五個が笊《ざる》に入って売られ、それを一袋にして買ってくる。一回に食べていいのは、そのうちの一個、桃はそれを三人でスライスして一人が四切れほど、外側のおいしいところと芯に近い部分とが公平に分配される。父には新しい桃を切り分け、残りはきちんと袋に入れて冷蔵庫にしまわれる。サクランボは五つが上限、もっと食べたいなぁと思いながら、味気ない透明の水がうっすらとたまった皿をいつまでも見つめ続けるのだった。

「きのうね、パパのボーナスが出たのよ。だからきょうは特別、果物食べ放題!! 好きなものを好きなだけ食べていいわよ」

一人一人に白い皿を配りながら、母が華やいだ声で言った。

木のテーブルの上にはすでに色とりどりの果物が山盛りになっている。いい香りが家中に満ちていた。

スイカは四分の一の大きさに切られて、ガラスの大皿に並んでいる。その隣にバナナの大きな房《ふさ》、いつもは客用の金線の入った西洋皿に、もわっと濃い青紫色の巨峰、その横に茶色がかった小粒がみっしりとついているおなじみの種なし葡萄の姿もある。

わたしの好きなマスカットは一房だけ。母も父も青臭いといって好まなかったからだ。四角い地厚の土っぽい皿には、丸々と太った形のよいお尻を揃《そろ》えてビワが行儀よく並んでいる。その皿の合間にオレンジや甘夏、レモン。そして和紙のおくるみから起こされた桃、黄色と紅色のまざった、作り物めいた艶《つや》やかなサクランボも皿からこぼれおちそうに山の形に盛られている。

わたしはまだ心の中で「うわぁ、うわぁ」と叫び続けていた。興奮でどこから手をつけていいのかわからない。しかし最初に食べるものは、すでにはっきりと決まっていた。桃だ。まるごと手でつかむと、皮を剝《む》くのもそこそこに、その柔らかい丸みにむかって唇を思い切り突進させた。

果物ではない、お菓子でもない、それは幸せというものを形にしたとしか思えない味だった。滴《したた》り落ちる果汁と、細かい網の目を重ねたような果肉の中に、どこまでも沈み込んでいきたくなるような陶酔感。スライスされたはかない一片を金属のフォークの味とともに嚙み締める、いつもの物足りない感じとはまったく違う。芯の近くの、すこし苦みのある青い味も爽《さわ》やかだった。生まれて初めてまるごと食べる桃に、わたしはただ恍惚《こうこつ》となっていた。

それからサクランボを食べた。ぱくっと口に入れると、プラスチックのオモチャのような無機的な味がする。それを歯で嚙み、甘酸っぱい果汁をじんわりと出して口の中をいっぱいにする。若い酸っぱさがはにかむように初々《ういうい》しく楽しかった。

ビワを剝くときの、つるんと厚めに皮が剝かれる感じも面白い。指に力を入れて半分に割ると、まっぷたつに分かれて中はきれいな空洞である。そこにある種をはがすと、下には中皮がぴったりと張りめぐらされている。その堅さと、うっすらとした主張のない果肉の甘さとのアンバランスが、ビワだった。

しだいにおなかがいっぱいになるにつれて、口の中にえぐみが残るようになってきた。

「果物って意外に堅い食べ物なんだな……」

まだ目は卑《いや》しく次のものを追いかけながらも、身に余るような食べ放題に、すこしひるむような気持ちになっていたのかもしれない。おなかはすでにパンパンに張り、まるで赤頭巾《あかずきん》ちゃんに石を詰め込まれた狼のように重かった。

翌日、わたしは見事に下痢をした。

「やっぱりおなかをこわしちゃった」

そう言うと、母は笑いながら、

「やっぱり……。痛くはない？　じゃ、大丈夫でしょう」

と薬を手渡してくれた。一応は心配そうな顔をしているが、どこかおかしそうな母の表情に、わたしも笑いが込み上げてきた。

「楽しかったね、きのうの夜」

「結局、ご飯は食べられなかったけれどね」

「でも、果物でおなかをいっぱいにするなんて、なんだか南の国の王様になったみたいで夢みたいだったよ」

「きょうのお夕飯は、少なめにしとこうね」

母の笑顔に送り出されて、わたしは学校へのバス停に向かって軽やかに歩き出した。

若かった両親にとって、ボーナスは年に二回の最大のイベントだった。支給されたその日は、子どもたちが寝静まったあと、ふたりで「ボーナス会議」をする、それが楽しくてしかたなかった、とのちに母は語ってくれた。

まず、最初におばあちゃんのお小遣いを取るのね、パパはいつもそうだったのよ。それから教育費を取って、赤字補塡《ほてん》、そこまで取ったらもう残りはあとほんの僅《わず》かになってしまう、それでもその僅かのもので何をするかを考えるのがすごく嬉しくてね——。

旅行に行こうか、買い物をしようか。しかし父と母はそれで自分たち自身のものを買うという発想はいっさいなかった。いつも家族がすべてだった。家族のため、家族の喜び、それが二人の喜びでもあったのだろう。

この年、夏のボーナスでいつもはできないことを何かやろう、と二人は思いついたのだった。子どもたちがびっくりするようなことで、しかもあまりお金のかからないこと——お菓子をたくさんはからだに悪い、家中を花でいっぱいにしても見るだけじゃつまらない、だったら見てきれいで食べておいしく、香りも楽しめる果物だ！

父と母にとって、それはささやかな祝祭だったのかもしれない。だから翌日もあんなふうに楽しげに笑っていたのだろう。おなかをこわすことを予想しながらも、そこまで好きなように子どもたちに食べさせること、それ自体がわくわくするような非日常の出来事だったのだ。

今でもありありと思い描くことができる。昼の陽射しを含んだ空気にほんの少しの涼しさが混じり、むき出しの腕を風がわたるとき、青く染まった路地の向こうからサクランボの箱を抱えた母が小走りに駆けてくる。灯ったばかりの黄色い街灯の光を肩に受けて、果物屋のお兄さんを誇らしげに先導してくる父。玄関先で起こった突然の小さな喧騒《けんそう》——。

驚きながらも、わたしはおおらかな安心感の中にいた。そして口と手をベタベタにしながら心ゆくまで味わっていたのは、父と母に包まれていることのやすらかさだったのだと、いま思う。電灯に照らされたテーブルの上で艶やかに輝いていた山盛りの果物。それはわたしにとってかけがえのない家族の情景である。

子供の時の果物

森茉莉

昔、子供の時、明舟町の祖母（母親の実家の祖母である）が「水菓子」というのをきいて、甘くて、水のように冷たいお菓子かと思って、どんなものが出てくるかと期待していると、蜜柑《みかん》と林檎《りんご》が出て来たので失望したことがあった。私の母親は、バナナのことをどういうわけか芭蕉の実と言い、八百屋で、「一寸《ちょっと》芭蕉の実を頂戴《ちょうだい》」と言うと、八百屋の鼻垂れ小僧は何のことだか判らないのである。彼女が尊敬していた私の父親がそう言っていたのでもないのに、どうしてそんな変った名称でバナナを呼んでいたのか、皆目《かいもく》わからないのである。小僧がやっとバナナと判って包もうとすると、「その芭蕉の実はおいしいだろうね」と言うのである。（昔の奥さんは店の男に、「そちらのを下さいませ、恐れ入ります」などと、馬鹿丁寧な言葉は使わなかった）小僧が得意顔で「へい、おいしいですよ」と言うと、「まあ、あんたのところでは小僧さんにバナナをたべさせるの？」と言うのである。帽子屋に入って、どれも頭にはまらないのは自分の頭が大きすぎる故《せい》なのに、番頭や小僧が笑うと、本気で腹を立てた私の父親といい、私のうちの人間はどの人もなんとなく変った、へんな人物として店員の目に映った。そのために一緒に歩くのが恥かしくて厭なこともあった。母親は蜜柑がものすごく好きで、十一月の初めの、真青《まつさお》のから、三月末の甘いばかりで香気もないのまで、毎日大きなお盆に山と盛《つ》んで、たべていた。買いにやる時には「温州《うんしゆう》蜜柑でなくてはいけないよ」と言った。蜜柑は温州蜜柑、葡萄は甲州《こうしゆう》葡萄が好きだった。母の父親も甲州葡萄が好きで、大病で入院していた時、甲州葡萄をたべたいといい、母親はそのころ、私の手をひいて町を歩いている時、八百屋か果物屋を見つけ次第入って行って、甲州葡萄を探していた。黒にみえる程深い緑色《グリーン》の、深張りのこうもり傘を差した、青白い顔の母親が、果物屋の天幕《テント》をくぐって入って行っては出て来た、その時の、思いつめたような顔が、私の印象に残っている。バナナは、獅子文六の「バナナ」に書いてあるような、手続きや経路を経て入ってくるのではないらしくて、どこの八百屋にも山盛りに重なっているが、美しい黄色で、首の青い位のを買って来ても、芯のところが黒かったりして、香気もない。私の父親は明治の初年に独逸《ドイツ》に八年もいて、帰ってくると、カイゼル二世そっくりに髭《ひげ》を鏝《こて》で上へねじ上げ、独逸の草花の種を庭に蒔いて、伯林《ベルリン》の町の家の庭のような花畑を作り、絶えず葉巻をふかして、着物も部屋も、葉巻の香《にお》いで一杯にし、三時には、濃い、牛乳入りココアを飲み、独逸の麦酒に一番近い黒麦酒を飲み、子供たちのたべものについては、その頃の独逸の軍医の衛生学でやっていたりそれも大変に厳重で、私たちは生の果物は一切れも口に入れることは出来なかった。なんでも水煮をして砂糖をかけるのである。煮ては不味いバナナや柿はたべられなかった。冒頭にあるバナナを買う母の話は父が死んだ後の、晩年の母のことである。杏子《あんず》や熟した青梅が父は好きで、私は天津桃が大好きだった。天津桃は煮ると葡萄酒のように紅い汁になり、甘酸っぱくて水蜜桃《すいみつとう》よりも美味しかった。杏子は庭に杏子の木のある友達から貰《もら》って今もたべているが、天津桃は八百屋から姿を消した。青梅も毎年たべるが、昔の想い出のために、梅酒よりずっと美味しい。

私の父親は大変に変ったことをしていた。杏子を煮て、砂糖のかかったのを御飯の上にかけてたべるのである。又は葬式饅頭を羊かん位の厚さに切ってこれも御飯にのせ、煎茶をかけてたべた。その話をすると誰でもおどろくが、父親とたべた想い出もあるが、支那のお菓子のようだったり、淡泊《あっさり》した、渋いお汁粉のようだったり、どっちも美味しい。だが、或日母の実家で、生の水蜜桃が出た時、よの中にこんな美味しいものがあったのかと、おどろき、その味は今も覚えている。

吉行淳之介氏とドリアン

生島治郎

吉行淳之介氏は写真で見ると、女性的な美青年という印象が強いらしい。

現にこの私も氏に逢うまでは繊細病弱なタイプの人物かと思っていた。しかし、実際の氏は丈高く肩はばあり、陽灼けした美丈夫である。もっとも、陽灼けしたと見えるのは、ご当人に云わせると、健康の証拠でもなんでもなく、実はアレルギイの発作で顔が紅潮しているせいなのだそうだが、とにかくうち見たところは、戦争中、甲種合格だったのも（甲種合格で入営したものの喘息の発作で即日帰郷）さこそと思われる体格で、ひ弱さは全く感じられない。

そしてまた、一部的にも女性的な神経過敏症やヒステリイとはおよそ縁のない強靭で男性的な性格の持主である。と云って、デリカシイにかけるというわけではない。

対人関係についてはひどく神経のこまかい配慮を示すのだが、その配慮が表にあらわれてしまうのは嫌いだし、他人がそういう配慮をしているのを見せつけられるのもいやだという気風の持主である。

私が氏とバンコクへ同行したおりも、そういう意味での心づかいを示していただいたおかげでまことに快適な旅であった。それにもう一人の同行者、評論家の長部日出雄氏もヌーボーとした風貌に似合わぬ心やさしい人だったので、私一人、気ずい気ままな旅を楽しめたのかもしれない。

吉行説によれば、二人さし向いの旅というのはおたがいに神経をつかい、そのあげく妙にぬきさしならぬことになってくたびれてしまうというのだが、三人旅ともなれば、一人ぽかんとしていられる時間ができるわけで、精神衛生上バランスがとれて神経的にまいることはない。ことに、外国旅行は三人旅にかぎると身に沁みて感じたものだ。

もっとも、そう思ったのは当方だけで、吉行氏と長部氏は私と同行するのはもうこりごりと思っているかもしれないが……。

さて、そのバンコク旅行中の食べものについてだが、この点に関して、いかに吉行氏が好奇心強く食欲旺盛《おうせい》であるかを目のあたりにして、私はいささか呆れる思いであった。

まず果物だが、想像通り、バンコクは果物のゆたかな街であった。バナナやパイナップルは日本でも自由に食べられるが、バンコクで食べたバナナやパイナップルのうまさは日本のそれとは比較にならない気がした。いくら食べてもつい手が出てしまうという感じで、一向に厭きがこない。

朝食など、私は自宅にいる時はほとんど食欲が起こらず、ついぬいてしまいがちだが、バンコクでは濃いコーヒーにクロワッサン、それに新鮮な果物というとり合わせの朝食がばかにうまく、朝食をぬいたことはなかった。

その他、日本で食べられない果物に、マンゴー、マンゴスチン、パパイヤ、ドリアンなどがある。

マンゴーは上海にいた頃食べたことがあり、私には少年時代を憶いださせるなつかしい味であったし、マンゴスチンは果物の女王と云われるだけあって甘ずっぱい味が魅力的だった。

パパイヤの切り身はカボチャそっくりで毒々しい朱色をしている。一口目には独特な匂いとくせがあって、ちょっと抵抗を感じるが二口目三口目になると、そのくせがかえって一種の風味となって妙に離れがたいうまさに感じられる。

これらの果物はホテルの食堂に山盛りとなっていて、自由に食べられたが、ドリアンだけは置いてない。

「ドリアンというのがないようだが、これはどういうわけだろうね？」

と吉行氏は好奇心をむきだしにした顔つきで首をひねった。

「さあ、どういうわけですかね。話によれば、マンゴスチンを果物の女王とすると、ドリアンは果物の王様だと云われるぐらいうまいってことなんだが……」

と私が答える。

「女王がいて王様がいないというのはヘンじゃないか。え？　おかしいよ」

と吉行氏はひどく不満そうだが、おかしいと云われたって、どういうわけだかわれわれにもわかるわけがない。

しかし、足まめな情報係りの長部氏がたちまちどこからかドリアンについての情報を仕入れてきた。

「ドリアンというのはですね、なにかものすごい匂いがあるらしいですよ。それで他のものにその匂いがつくと困るので、ホテルには置いていないらしい」

と長部氏は説明してくれた。

「ただ、その匂いに馴れてくると、一種の中毒になってしまって、甘いクリームみたいな味が忘れられずシーズンになると、現地人は女房を質においても食べるって話です」

「まるで、江戸っ子の初鰹みたいじゃないか。そんなにうまいものなら、ぜひ食べてみたい」

吉行氏はヨダレを垂らさんばかり、それ以来、なにかと云うと「ドリアン食いたい」とうわ言めいて口走る。

それである夜、吉行氏と私はルームボーイに頼んで市場へドリアンを買いに連れていってもらった。ドリアンは表面に大きなトゲトゲがついていて、みるからに不気味な果物であった。その固い殻をナタで割ってもらうと中から黄色い実があらわれてくる。ぶよぶよして巨大なウジムシといった感じの実である。

とにかく、それをひとつ買いとってホテルへひきあげてきた。邦貨で千五百円ぐらいしたはずだから、かなり高価な果物である。

「たしかに妙な匂いがするな」

ホテルの部屋の中で、鼻をクンクンいわせながら氏はその実をじっとみつめた。たしかにその奇怪な果物からは水洗じゃないトイレみたいな匂いが漂ってくる。

「どうだ、おまえ先に食うか？」

「いえ、けっこうです。吉行さん、どうぞ、お先に……」

「なんだ度胸のないやつだな」

氏は意を決して、おそるおそる柔い実をちぎって口に入れた。

「うむ、まあまずくもないが、そんなにうまいとは思えん」

「そうですか」

私もひと口ほおばってみた。たしかにクリームに似た味はするが、臭気がひどいのと妙に人工的な甘さが舌に残ってうまいとは思えない。

「吉行さん。ぼくはダメだ。こいつを平らげるのはオリますよ」

「なんだい。こんなデカいのをおれ一人で食えというのか。そりゃ無茶だ。おまえも少し部屋へ持っていけ」

「いやですよ。こんなものを持って帰ったら部屋中が汲取り便所みたいになっちまう」

「無責任なことを云うな」

とめるのをふり切って、私はドリアンを氏の部屋に残したまま、自分の部屋へ帰った。

翌朝、氏の部屋を訪れると、異臭は廊下にまであふれだしていた。私は氏が窒息して死んでしまったのではないかと心配になって、扉を開けた。

氏はけろっとした顔でドリアンをぱくついていた。

「おい、おれはドリアン中毒になっちまったよ。どうにもこの匂いと味がたまらなく好きになった」

私には氏の眼の輝きがなんだか異様に思えてきた。ドリアンの奇怪な、そして巨大な果実はもう残り少なになっている。

私は呆然《ぼうぜん》として食べつづける氏を見守った。氏は食べながら、こうつぶやいていた。

「ああ、この匂いが実にいい。おれは日本へ帰ったら、トイレを汲取り式にして、その中で仕事をしてやるぞ」

吉行氏が帰ってきて実際にそうしたかどうかは、私もまだ知らない。

バナナの皮

獅子文六

　私は『バナナ』という小説を、書き上げたところだが、新聞小説というものは、枚数を多く要するくせに、実に、少しのことしか書けないものである。むしろ、雑誌の短篇小説の方が、より多く語れると思う。度々、新聞小説を書いて、そのことはよく知ってるつもりなのに、つい、書く前になると、欲を出して、書き終ると、失望する。そんなことばかり、繰り返している。

　私は、バナナとはオカシなものだと思って、小説に書く気になったのである。私は十五、六歳の頃、あんまりバナナが好きで、こんなに好きでは困ったものだから、どうかして嫌いになろうと、計画したことがある。私の生地の横浜では、今から五十年ほど前にトマトとか、バナナとかいうものを、すでに食べていたが（東京人には、まだ普及していなかった）、トマトは臭気があって、少年の私の口にナジめなかったが、バナナの方は、初めて食って、世にこれほど美味な果実があるかと、驚嘆した。

そして、あんまり好きになって、ミットモないという気を起したのは、やはり、武士道教育の残存だったかも知れない。私は、イヤになるほどバナナを食べれば、多分、嫌いになれるのではないかという考えを、起した。

何かの理由で、私のガマ口に、五十銭銀貨が入っていた。当時の子供にとって、大金であるが、五十銭バナナを食えば、その目的を達するだろうと、考えた。そして、バナナを買いに出たのであるが、その時分は、八百屋なぞにバナナは売っていなかった。伊勢佐木町という繁華街の入口に、横浜第一の果物屋があって、そこへ買いに行ったのだが、今は切らしてるといわれた。その店で、南京街へ行けば、多分、売ってると教わった。行くと、果して、中国人の食料品店で、みごとなバナナを発見した。中国人がバナナを好むのではなく、外人の住宅の者が、南京街へ買出しに行くから、よい魚菜や果物が置いてあった。

五十銭のバナナは、ずいぶん大きな房《ふさ》だった。少くとも、十本の大きな実がついていた。それを、私は大切に抱えて、わが家へ帰り、二階へ上って、港の遠景を眺めながら、全部を平らげる計画だった。

二本、三本は、夢の間だった。五本目となると、少し食べにくくなった。七本目ぐらいは、まったく無味で、もうこの辺でやめて、後は明日という気になったが、それでは目的を達しないから、残余をムリに押し込んだ。

バナナは見るも嫌《いや》になった。私は成功したわけだが、一週間経つと、嫌悪症《けんおしよう》は完全に消えて、元のモクアミになった。

しかし、青年になって、飲酒を覚えると、バナナにそれほどの魅力がなくなった。その頃、私はフランスに出かけたが、フランスにもバナナがあり、安料理のデザートにも出た。私はバナナよりも、フランボアーズだとか、スリーズだとか、フランス産の果物の方がうまいと思った。

その頃、ジョゼフィン・ベーカーという黒人の踊り子が、パリに現われて、すっかり人気をさらった。一九二五年から三〇年ぐらいまでのパリを、彼女が代表したということもできた。パリを表わす漫画とか、パリの観光ポスターなぞに、彼女の舞台姿が出た。黒い鞭《むち》のような、長い手肢《てあし》とおカッパ髪と、白い歯と、大きな乳房の他に、彼女の特徴といったら、腰の回りに、黄色いバナナの房を回《めぐ》らせていることだった。バナナといえば、彼女を連想させるほどだった。

私は、彼女が舞台で唄った文句の冒頭を、まだ覚えている。

シェー・ヌウ、

イリヤ・デ・バナーヌ……。

これは「わしが国さにゃ、バナナがござる」と訳すのが適当だが、黒人の女の唄の文句として、面白かった。バナナはフランスになく、アルジェリアか、アフリカか、植民地から移入されるのだが、黒人の女のお国自慢には、多少ワイセツの意味も加わっていた。バナナは、フランスばかりでなく、ヨーロッパの国の一つの隠語になっているが、ジョゼフィン・ベーカーは、少女的無邪気な美声で唄うので、面白い効果があり、あんなに受けたのだろう。

私はバナナという果実に、愛嬌《あいきょう》と滑稽味《こっけいみ》があることを、この時分に知った。

それから、話がずっと飛んで、戦後のことになるのだが、もう戦前から、私はバナナに興味を失う年齢に達していた。ムリをして、バナナ嫌いになる努力をしなくても、私はバナナの味に魅力を感じなくなっていた。バナナなぞより、リンゴの方がウマい。ことに、優秀種の柿となると、形といい、色といい、とても美しい。そして、味の奥行きの深さは、バナナなぞの遠く及ぶところでない。日本の男は、中年になると、花にしても、ダリヤやカンナよりも、梅や菊が美しく見えるのと同様な、趣味の変遷である。

私は五十を迎えてから、終戦となったのだが、疎開地から東京へ帰って、駿河台《するがだい》へ住んだ。

ある日、私は、当時二十歳ぐらいだった長女と共に外出して、帰りに、お茶の水の角にある喫茶店で休んだ。その頃は砂糖不足で、喫茶店の数も少なかったが、その店は、第三国人の経営で、日本人の店よりも、売ってる品物も豊富だった。

私だけは、紅茶とつまらぬ菓子を註文したのだが、ふと、娘が眼を輝かせた。

「あら、バナナを売ってるわ」

バナナありますと、札《ふだ》が出ていた。紅茶の甘味もズルチンである世の中に、バナナを売ってるとは、意外だった。何年間、バナナの顔を見なかったことか。そして、日本人のどんな店にも見ることのできないバナナを、そこで売ってることが、ウソのような気がした。

今度の小説を書くのに、調べたところでは、戦後、日本へバナナが輸入されたのに、いろいろの段階があり、いまだに自由輸入になっていないのだが、その頃は最初期で、進駐軍用輸入が認められ、日本の土地に住む者で、バナナを口にしたのは、アメリカ人だけの時期だったらしい。そして、その輸入を行ったのは華僑《かきょう》であって、彼は軍納で儲けた上に、横流しで儲けていた。お茶の水の喫茶店へ現われたのも、その横流し品と推定される。

さて、その時のバナナであるが、今日なら、果物屋の隅《すみ》に、一皿盛りにされている屑《くず》バナナだった。皮はまっ黒で、果肉は茶色に変っていた。

私は一口食べただけで、やめてしまった。バナナがそれほど好きでなくなってるばかりでなく、いくら珍らしいといっても、そんなゴミタメにあるようなものを、食べたくはなかった。それは、横流し品のうちの廃棄品にちがいなかった。

しかし、娘は大喜びだった。

「ずいぶん、久し振りね。とても、おいしいわ」

彼女は、自分の分も、私の残した分も、きれいに食べてしまった。

それを見て、私は、自分が若い時に、あんなにバナナが好きで、嫌いになるために、むりな食べ方をしたことを、思い出した。

どうして、若い日本人は、そんなに、バナナが好きなのであろうか。フランスの若い者も、バナナは好きであるが、日本人ほどの愛着振りではなかった。この間の戦争で、フランスでも、バナナが払底《ふってい》したろうが、べつに困る人もなかったであろう。戦後に初めてフランスにバナナが現われたといっても、べつにそれに飛びつくという人もなかったであろう。

ジョゼフィン・ベーカーのバナナの唄は、自分の国では、バナナができると、威張っているけれど、それは、もちろん、戯《ざ》れ唄であって、バナナのできる国では、バナナは最も下級の果物である。台湾では、貧しい苦力《クーリー》が弁当代りに食べるというし、南洋でも、私はタダ同様の値段で売られているのを、目撃した。また、事実、原産地でバナナを食っても、一向、うまいものではなかった。日本で売ってるバナナの方が、数等美味なのである。私はそれを不思議に思ったが、今度の小説を書くので、調べてみると、日本人は青い未熟のバナナを輸入して、バナナ室《むろ》に入れて、暖《あた》ためたり、冷やしたりして、まるで日本酒でもつくるように、ウマいバナナに加熱させる独特の術を、心得てるらしかった。

そうすると、日本のバナナが、世界で一番ウマいことになって、青少年子女がバナナに愛着するのも、ムリはないかも知れない。

しかし、いくら、ウマいといっても、バナナのウマさなんか、知れたものではないかと、すでに老人となった私は考え、人はバナナなしに生きられるではないかと、文句もつけたくなるが、若い人が耳を傾けてくれるはずもない。

とにかく、バナナには、滑稽なところが沢山あるので、私はバナナを笑う小説を書こうとしたのが、バナナの皮に滑って、転んだような結果になった。

小梅とイチジク

穂村弘

私は煙草もお酒も苦手なので、それらの本数や量がどんどん増えてしまうとか、やめようとして禁断症状に苦しむといった経験がない。

最もそれに近かったのは小梅による体験だ。小梅、こりこりした梅干しのちっちゃいやつ。小学校三年生のとき、私はあれを毎日三十個くらい齧《かじ》っていた。

最初からそんなに大量に食べていたわけではない。家に「小梅の壺」があって、なんとなく口寂しくなったとき、そこに手を突っ込んでぽりぽりやっていた。

ところが、小梅には習慣性があるらしく、いつの間にか止まらなくなってしまったのだ。五個、十個、とエスカレートして最終的には凄いことになった。

そのときは母親が異変に気づいて、「小梅の壺」ごと隠されてしまった。私は軽いショックと禁断症状を感じたが、「うおー、小梅、出せえ」などと暴れることはなく、しばらく我慢して外で遊んでいるうちに自然に治まった。

そして、小梅のことなどすっかり忘れていた去年のこと。テレビをみていたら、いとうせいこうさんが「今、僕の中でいちばん大事なのは干しイチジク」と真顔で語っていた。

なんでも彼は干しイチジクにはまっていて、旅先にも持ち歩いて食べているのだそうな。一日に十個（だったか？）までと決めているんだけど、もっと食べたくて、それを守るのが苦しい、と云っていた。

私はそれをきいて、なんだかオーバーだなあ、と思った。

ところがその数日後、近所の喫茶店で中国茶を頼んだら、一緒に干しイチジクがついてきたのだ。ああ、これか、と思いながら、メンリ、メンリ、と少しずつ割って口に入れると、なんとおいしいではないか。

ほんのり甘くて、湿っていて、妙にあとをひく。チョコレートなどの人工的なお菓子に比べれば、体にも悪くなさそうだし、いいおやつになる、と思った私は、早速イランイチジクというものを大きな袋で買ってきた。

そして、止まらなくなってしまったのである。

気がつくと一日に三十個ほども食べるようになっていた。干しイチジクでお腹がいっぱいで御飯が食べられない。でも、どうしてもやめられない。「イチジクの袋」を強制的に隠してくれる母親ももういない。

そんなイチジク地獄から私を救ったのは、当のイチジク本人（？）の袋に小さな文字で印刷されていた注意書きである。そんなものは意識したことがなかったのだが、あるとき、ふと目に入ったのだ。

「本品には稀《まれ》にカビや虫などが入っていることがありますので、なかを割って確認してからお食べください」

がーん、となる。

今まで全くノーケアで、ぱくぱく食べていたのだ。

カビはともかく虫？

どんな虫だろう。

いろいろ想像してしまう。

ううう。

それからちゃんと割って中身をみてから食べるようになったかというと、そうはならなかった。

だって、もしも割ってみた結果、十個に一個くらいの割合で虫が入っていたらどうなる。

私は一日三十個を三週間以上も食べ続けていたのだ。
一日にイチジク三十個＝虫が三匹、それが三週間。
つまり、三匹×二十一日＝六十三匹。
私は六十三匹も虫を食べてしまったことになる。
五個に一匹の割合だったら、百二十六匹だ。
想像してしまう。
ううう。
イチジクを割ってなかをみたら、その想像が事実として確定してしまうのだ。
おそろしい。
おそろしくて現実に直面する勇気が出ない。
なかったことにしよう。
そう思って、私はあんなに夢中だったイチジクからあっさりと手を引いた。
今は一刻も早く忘れたいだけだ。

ラ・フランスを語る

阿刀田高

銀座七丁目に山形料理を食べさせる店がある。日本料理が主たるメニューなのだが、米沢《よねざわ》牛のステーキなどもあって、今日の相手は、

——魚が好きかな、肉が好きかな——

よくわからないときには、私はこの店へ案内する。味と値段のバランスがよくとれている。山菜のおひたしや芋煮など山形らしい趣向が見られるが、秋になると、私はきまって、

「ラ・フランスありますか」

と、食後の果物の有無を尋ねる。

「まだなんです」

あるいはまた、

「もう終っちゃったんですよ」

旬《しゅん》のあるものだから食べるタイミングがむつかしい。食べそこねてしまう年もある。

今年は、いち早く知人が一箱送ってくれたので、わが家でたっぷりと楽しむことができた。

「ラ・フランス？　知らねえなあ」

そんな声が聞こえて来るような気もするが、これは山形産の洋梨のことである。

「洋梨？　まずいんじゃないの」

そんな声が聞こえて来るような気もするが、それはラ・フランスにめぐりあったことがないか、めぐりあったにもかかわらず食べ方をまちがえたか、そのいずれかである。

まあ、食べ物の嗜好《しこう》はさまざまだから、ラ・フランスを正しく食べても、やっぱり「好かん」という人もいるだろうけれど、ものは試しに一度くらい賞味していただきたい。

ラ・フランスは、見かけは冴えない。握りこぶしくらいの大きさで、ゴツゴツしている。

たいていの果物は新鮮なものを、できるだけ早く食べるのがよろしいのだが、ラ・

フランスは、そこがちがう。出荷のときは適度の新鮮さが必要なのだろうが、食べるときにはキッチンのすみなどに置いて爛熟《らんじゅく》の甘い香りが立ち始める頃、少し軟らかくなりかける頃、これを冷蔵庫に入れ、冷やして食べる。トロリ。果物のアイスクリーム、とでも呼べばよいのだろうか。

この食べ方を知らずに、贈り物が届いたところで、

「これ、なーに」

「人相のわるい果物ね」

「洋梨って、ときどきカン詰にあるじゃない」

半信半疑で皮をむいて食べると、

「ぜんぜんおいしくないわ」

「大根みたいね」

「いらないわ。捨てよおーっと」

という結果になりかねない。

ゆっくりとタイミングを計り、

——明日かな、明後日かな——

自分の好みにあわせて食卓にのせるのが正しい作法である。

なお、私は山形の出身ではないし妻も東京の生まれである。山形の農業協同組合と

も、なんの関係もない。

したがって、これはラ・フランスの美味を天下に知らせたいと、ただそれだけの願いによって記すものである。動機はこの上なく純粋である。

強いて言えば……来年あたり、このエッセイが縁で山形のしかるべき筋から拙宅にラ・フランス一箱が届くのではあるまいか。二箱かもしれない。再来年はどうだろう。なんだか動機がだんだん不純になって来たぞ。

阿刀田高

甘いもの

花村萬月

　父親の大好物が柿だった。歳で歯が悪くなってしまっていることもあったのだろうが、とことん熟《う》れきったもの、果肉がゲル状物質と化し、雑に扱えば崩壊してしまうような代物《しろもの》が好みだった。

　俺が幼かったころ、メガネの奥の目を笑みで三日月のようなかたちにして熟柿をねちょねちょ食べながら、教えてくれたものだ。曰《いわ》く「柿は日本原産の唯一の果物で、学名もＫＡＫＩだ」と。

　けれどその息子の俺は柿が大嫌いで、固いものはまだ許せるが、熟柿のとろとろは大の苦手だ。はっきり言って、見たくもない。父に対する反撥心も多少は加味されているのだろうが、供されたりして熟した柿を食べなければならない情況に陥った場合、俺のもっとも苦手な食べ物である生卵と同様、一気飲みとでもいうべき食べ方をしないと食べきれない。だが現実は、柿というもの、おおむね種がある。

繰り返しになるが、大嫌いなんだから繰り返す。好き嫌いはないと断言してしまえるくらいになんでも食べるのだが、生卵と熟柿だけは、自分から進んで食べることは絶対にない。たとえば旅館の朝食で生卵がでれば、無表情に器に割り入れて、あとは掻きまぜもせずに一気に飲みこんでしまう。熟柿とちがって種がないので我慢は寸瞬（一瞬とは言い難いので勝手な造語です）だ。

けれど熟柿は、そうはいかない。たとえ種なし熟柿であってもイッキ（死語）は無理です。嗚呼《ああ》、何故《なぜ》、此処迄《ここまで》甘いのだろう。あれで多少なりとも酸っぱかったりするならば話は別なのだが——。ひたすら甘い。野方図に甘い。つまり単純に甘いだけ！

ひょっとしたら甘い以外にも味があるのかもしれないけれど、なにせ好きではない、自ら口にすることはない、というわけで、俺のイメージのなかではブドウ糖を無理やり口に突っ込まれたかのような加虐的な甘みとしか感じられないのだ。

じつはこのあいだ自転車を漕いでダイコク薬局で乾燥肌用の塗り薬を求めた折、栄養食品の棚にブドウ糖がおいてあって、受験に徹夜にといったうたい文句が書いてあったので買ってみたのだが、いかに糖分補給が速やかに行えるとはいえ、こんなものを舐め続けて執筆していたら絶対に糖尿病だ！　と雄叫びをあげ、すべて齧《かじ》り終えて以降、購入しておりません。ま、純粋に甘い。柿みたいに甘い。そういう甘みです、ブドウ糖の結晶。

甘みといえば、やはり小学生のころ、母親が砂糖のかわりにズルチンやサッカリンといった人工甘味料（つまり化学合成された甘みのもとですね。調べてみたらサッカリンの原料は、なんと俺が中学生のころからしばらく吸い続けて前歯二本を溶かし、脳味噌を溶かしてしまったトルエンから合成されるそうです）を、附属の金属製の耳搔きじみた極小スプーンで掬い、毒薬を扱うかのような慎重な手つきで手作りのおやつの甘みつけに使っていた。

サッカリンはごく小さな丸い缶に入っていたような記憶があるが、砂糖の五百倍という途轍《とてつ》もない甘さで、一万倍に薄めた水溶液でさえも甘みを感じとれるそうだ。他には爽やかな甘さで評判だったチクロという人工甘味料も記憶にあるが、発癌性が強く、六〇年代に使用が禁止された。

平成生まれには信じ難いだろうが、戦後は砂糖不足が深刻で、この手の合成甘味料が昭和四〇年代後半まではわりとふつうに用いられていたらしい。終戦直後には、まさに得体の知れぬ化学物質、原子爆弾糖とか殺人甘味料と呼ばれるものさえ出まわって、死者もかなりでたらしい。

もちろん卑しん坊な俺である。とことん甘いということがどれほど蠱惑的《こわくてき》に感じられたことか。で、盗み食いならぬ盗み舐めをしたところ、甘かったのはほんの一瞬で、いや甘みが口中全体に拡散して、直後やたらと苦く感じられて嘔吐しそうになった記憶がある。あまりにも甘いと、舌には苦く感じられるのだろうか。ともあれ甘かったその一瞬は、舌どころか口蓋までも甘く感じられたものだ。

ズルチン、サッカリン双方ともにチクロと同様に現在では発癌性や肝臓および腎臓に障害をもたらすということで、使用が規制、あるいは禁止されているらしい。サッカリンを直に舐めてしまった俺はだいじょうぶなのだろうか。いまでも見かけるものにはアスパルテームといった人工甘味料があるが、マツモトキヨシとかで見かけるものは肥満防止の健康食品扱いなのが苦笑を誘う。

当時、駄菓子屋で五円で買えたアイスキャンデーなど、合成色素と合成香料、そして合成甘味料といった具合に、すべて化学合成されたものでつくりあげられていたのではないか。五円玉を握りしめて駄菓子屋に駆ける俺の手の平は汗で濡れて金気臭く、しかも錆や汚れで微妙にくすんだ色に染まっていた。その五円玉で舌が鮮やかな赤や緑に染まる毒々しい駄菓子を買い食いして育った俺だ。日本にも、やたらと怪しい食い物だらけだった時代があったのだ。俺に言わせれば、いまの中国をあまり笑えない。醬油醸造に化学醸造をもちこんだ合成醬油など、鼠が薬品中に落ちてそのまま蛋白質として分解されて醬油になってしまう——などという噂がまことしやかに語られたものだ。

話がそれてしまった。柿にもどろう。百科事典を調べてみたところ、父が言っていた日本原産の唯一の果物というのはどうやら誤りです。――原生地は中国、朝鮮、日本といわれるが、初めは中国中部であったものと考えられる（スーパーニッポニカより）。ただ学名には **Diospyros kaki** と和名が使われている。父は明治生まれの教養人、その昔は日本原産と言われていたのかもしれないし、別段それを責める気もないが、誰かに得意げに開陳しなくてよかったとは思っています。

なぜ柿のことなどを書きはじめたかといえば、正月明けに某編集者が土産に干し柿をもってきたのだ。個別包装のじつに高価そうな干し柿だったが、たぶん礼を言う俺の頬には多少の引き攣れが――というのは大嘘だが、正直なところ嬉しいはずもなく、よりによって柿かよ、しかもこんなに大量――などと内心は困惑しきりでした。ところが、ひとつも食わずにアレするのはアレだよな――などとアレを思いつつアレしたところ、すなわち喰らってみたところ、貴方、美味いじゃないですか。ねっとり歯に絡むところがいやらしくて、なかなかの食感ではないですか。その甘みも執筆に疲れ切ったときなど、じつに沁《し》みるのです。うっとりです。

というわけで前言撤回、干し柿に限ってはと条件付ではあるが、好きになりました。好きになりました。その証拠に自分でスーパーまで出かけて干し柿を買う！ ようになりました。好きになったので嫌いと同様繰り返すが、これが執筆に疲れたときに食べると、じつに美味いのだよ！　とにかく俺のなかではビックリマーク連発の美味さというか、自分の豹変ぶりに呆れ果ててもいるというか、まあ、嫌いだったものを好きになるというのは、こんな感じなんだろうな、などというわけのわからぬ世迷いごとでＧＯＧＯＧＯ！

思いかえせば悪ガキを収容する施設に抛《ほう》り込まれていたとき、水曜と土曜は授業がなくて一日中、木工か農場で作業をさせられていたのだが、秋になると皆、農場作業に行きたがっていた。豚舎のまわりに柿の木がたくさん植わっていたからだ。甘いものに餓えていた俺たちは教官に見つからぬよう、柿をもいで食べていたわけだが、当然ながら渋柿も多々あって、大当たりのときは顔面グシャグシャ、あたりにぺっぺっぺと吐き散らして大騒ぎしたものだ。

実りの秋ということで、施設内の餓えた少年たちは教官の目を盗んで、森と呼ばれていた施設内の広大な雑木林に忍びこんで、落ちている栗をそのまま食べるということもしていた。森のなかでは巨大な青大将が山鳩を頭から丸呑みしていることもあったが、山鳩を助けるという大義名分のもと、残酷な少年Ｈは樹上の青大将の尻尾を摑んで引きずりおろし、ぶんぶんブン回してあちこちに叩きつけて殺したが、なかば呑みこまれていた山鳩の上半身とでもいうべき部分が早くも溶けかけていたことに驚愕し、気持ちを切りかえて栗拾いです。

もちろん生栗なんて食えたもんじゃないんですよ。イガイガを足の踵で器用にひらき、栗を取りだすあたりまでは巧みにこなせるのだが、殻を剝《む》いたあとの渋皮が難物で、脳味噌じみたシワシワの実にぴたりくっついていて、まともに剝《は》がすことなどできない。そこで癇癪《かんしゃく》をおこして渋皮の処置をいい加減にして生栗を口に抛りこむと、もう泣きそうになるくらいに渋くて、渋皮とはよくいったものだと納得させられるのだった。

自然はじつに意地が悪い。太平洋戦争中、植物の繁茂する熱帯のジャングルの戦場で日本兵が次々に餓え死にしていったわけは、生栗を食べてみれば理解できる。つまり植物だって己の身を守るためにも、ちょっと口にできぬような苦みや渋みを纏《まと》うわけだ。あるいは毒をもっている。調べてみると可食部分になんらかの毒をもっている植物ばかりではないか。つまり、そう易々と食べられるはずもないということで、観光旅行で自然を愛でるぶんには癒しだなんだと調子のよいことを言っていられるが、いざ、そこに裸で抛りこまれたら死ぬしかないということだ。

ところで〈カリカリ・うちな〜そば〉というスナック菓子をもらった。ベビースターラーメンの沖縄そば版だ。うーん。ボリボリ囓るにはやたらと固い。ぶっとい沖縄そばを揚げたものだから当然だ。残念ながら歯が悪くなってきた俺にはあまり好ましいものではなかった。俺が柿を食べられるようになったのは亡き父と同様、歯が悪く

花村萬月

なってきたからという理由もあるのかもしれない。

十一月　葡萄と柿

池波正太郎

年少のころの私は、どちらかというと偏食のほうだった。

だが、太平洋戦争がはじまって海軍にとられ、その兵舎での生活と、戦後のだれもが体験をした食糧不足の明け暮れは、私の偏食を否応《いやおう》なしに矯正してくれた。

激しい教練の日々には何を食べても、いくら食べても、食べ足りるものではないのだ。食べなくては死んでしまう。

戦争が終り、復員して来た私は、三度も家が焼けてしまっていたので、辛うじて焼け残った浅草の片隅の小さな家の二階を借り、母と弟と共に暮していた。

その隣りの、これも復員して来た青年A君の実家が甲州《こうしゅう》だというので、終戦の年の秋に、甲州ブドウが送られてきた。

「少しですが、食べて下さい」

A君がブドウを持って来てくれた。

私は、以前、ブドウなど少しもうまいとおもわなかった。一粒一粒を口へ入れてタネや皮を出すのが面倒だし、母が出してくれても手をつけなかったほどだが、このときばかりはブドウであろうが西瓜《すいか》であろうが、何だって口へ入るものならうまかったわけだから、

「どうも、ありがとう」

すぐに洗って、一粒つまみ、口へ入れるのを見たA君が、

「ダメだなあ」

と、いう。

「どうして？」

「ブドウは、そんなふうに一粒一粒やっていたんでは、ちっともうまくありませんよ」

「へえ。ほかに、食べ方があるんですか？」

「ま、ごらんなさい。こうやって食べるもんですよ」

A君は、一房のブドウを手にして高く持ちあげ、その下へ大きく開けた口をもってゆき、下の方からガブガブと頬張った。

そして、口の中へ一杯にふくらんだ何粒ものブドウをしゃぶり、残ったタネと皮をまとめて吐き出したのである。

「ふうむ……」

私は感心してしまった。こんな食べ方があるとは知らなかった。

「やってごらんなさい」

いわれるままにやって見ると、まるで味がちがう。

何しろ一房のブドウを三口ほどで食べてしまうのだから、口中にひろがるブドウの甘味が、まるで他の果物を食べているようなおもいにさせてくれた。

以来、私は、このようにしてブドウを食べているわけだが、去年の秋、フランスのペリゴール地方のレ・ゼジーのホテルへ泊った翌朝、まだ霧がたちこめている道を散歩していると、日本のブドウにそっくりなブドウが道端にたくさん生《な》っている。別に栽培してあるわけではない。

そこで一房のブドウをもぎ取って小川の水で洗い、例の甲州式のやり方で大口を開け、食べていると、通りかかった村の爺《じい》さんと娘が瞠目《どうもく》して私に近寄り、フランス語ではなしかけてきた。

むろん、わからないのでニヤニヤしていると、爺さんは娘と共にブドウをもぎ取り、私のまねをして食べはじめた。

食べて、また目を見はり、私にはなしかける。意味はわからなくとも、爺さんと娘さんが、かつての私のようにおどろきもし、うまいといっていることだけはよくわかった。

もしやすると、今年の秋、レ・ゼジーでは甲州式のブドウの食べ方が流行しているかも知れない。

葡萄の種　吐き出して事を決しけり　虚子

酒しぼる　蔵のつづきや葡萄棚　史邦

石垣は　素人造りや葡萄園　夏堂

秋の果実で、子供のころから好きだったのは柿だろう。

幕末のころ、アメリカの使節を幕府が饗応《きようおう》するとき、やわらかい柿に味醂《みりん》をかけまわし、デザートとして出したところ、大いに好評を得たそうな。

戦争中に食糧が不足となったとき、干し柿の甘味は、まことに貴重なものだった。

一茶が「夢に、さと女を見て」と前置きをして、

頬ぺたに　当てなどすなり赤い柿

の一句をよんでいる。

また去来には、

柿ぬしや　梢《こずえ》はちかき嵐山《あらしやま》

の句がある。

柿は端的に、そしてあざやかに秋の情景を表現する。ことに舞台でつかうときは効果満点で、私もむかし、自分の芝居の舞台面に柿の木や吊《つる》し柿をよくつかったものだ。

赤い実が適当に大きいので、客席のだれの目にもはっきりとわかるのがよい。登場人物に食べさせてもよい。たちまち、そこには秋の季節感がただよってくる。

ことに、秋が深まったころに出る富有柿《ふゆがき》は、渋がぬけていてやわらかく、甘味も豊かで何ともいえずに旨《うま》い。

富有柿は明治年間に御所柿《ごしょがき》を改良して生まれた品種で、命名もそのときだったのだから、江戸時代をあつかった芝居の舞台で富有柿を出して、役者に、

「この富有柿は、たまらなく旨い」

などと、台詞《せりふ》を書いたら観客に笑われてしまうことになる。

大根を人参《にんじん》と共に和《あ》えた柿ナマスは、私の大好物だ。

渋い柿は、ヌカ味噌に漬けると旨い。

子供のころ、魚の骨が私の喉《のど》にからみ、苦しんだことがあった。

そのとき八十をこえた曾祖母が、ちょうど家にあった柿の実を押しつぶし、それを千切って私の口へ入れ、

「一息にのんでおしまい」

と、いった。

目を白黒させながら、おもいきって柿の実をのみこむと、喉に立った骨がたちまちに抜け、腹中へおさまったものである。

私は柿の木も好きで、隣家の主人が私の書斎の窓まで伸びてくる柿の木の枝を切ろうとすると、いつも「そのままにしておいて下さい」と、たのむことにしている。

柿

今東光

去年の冬、僕の家の裏庭に水間村からもらった柿の木を何本か植えた。桃栗三年柿八年というから、いずれ僕の家も柿実る屋敷になるだろうと思う。

僕は旅行して、はからずも柿の実る村を車で通り過ぎると、何とも豊かな気がして嬉しくなるのだ。自分の故郷である青森県弘前に帰省して林檎《りんご》の実る豊かな田園を見ても、左程に感じないくせに奥州平泉《おうしゅうひらいずみ》に近い侘《わ》びしい村外れなどで渋柿を枝いっぱいにつけて捨て置かれている風景の方に感銘を受けるのは何故だろうか。

多分、僕の家のは富有柿《ふゆうがき》だろうから熟《う》れてきたら一個も残さず喰って仕舞うだろうが、若し一本でも渋柿だったら生駒《いこま》山に雪が降る頃まで枝に残しておくつもりだ。そういう柿のことを「木守」というそうだが、そう言えば讃岐の松平家に有名な「木守」という茶器が伝わっていることを想い出した。これは利休の秘蔵したものだそうだが、どうして高松藩に伝わったかその伝来を知らないけれども、「木守」という銘から想像すれば何等かの理由でいつまでも利休の手に残った茶器で、それゆえ「木守」という銘がつけられたのではあるまいか。若しそうならば一見あまり優秀な茶器ではないのかもしれず、しかしながら天才利休が愛蔵したのにはそれだけの見所のある銘器かもしれない。僕はまだ「木守」の実物を拝見したことがないが、およそ天下の名器というものは、それの価値を見ることが出来る人でなければ凡眼の及ぶところでないというのが本当なのだろう。その点では人間も同断、人は人が知るのであって俗物は遂《つい》に人を見る明がないと知らなければならない。

僕の住んでいる河内八尾《かわちやお》に近い生駒の山間には鶴ノ子と呼ぶ渋柿を産する。生駒から平群《へぐり》の里あたりに行くと、この鶴ノ子が枝もたわわに実っているのを見かけるだろう。可愛らしい卵形の小さな渋柿だが、この渋抜きをしたものは甚だ美味で、僕の好物なのである。富有柿のようにうまい柿を食いつけると、わざわざ渋抜きをした鶴ノ子など一般には珍重しないが、僕は甘柿と比べると渋抜きをした渋柿の方を好むのである。これもまた人間と同断、すくすくと素直に育った人間より、数奇な運命に弄ばれた人間ほど味があって面白いものだ。ひねくれた人間ほど面白いものはないのである。

柿が好きだから従って柿の菓子も好きだ。けれども柿を主材にした菓子というものは甚だ品種が少なく、おそらく僅《わず》かに二種しかないのではあるまいか。すなわち柿羊羹とのし柿だ。

東海道線の岐阜や大垣の駅を通過すると、駅売りの柿羊羹が目につくであろう。何といっても柿の本場は美濃国すなわち岐阜県だから是非もない。尤《もっと》も近頃は広島産の柿が多量に出廻って来て、現在のわが国での柿の多産地は岐阜県と広島県ということになって来たらしい。

美濃国の蜂屋柿の名は頗《すこぶ》る高い。

蜂屋柿というのは渋柿中の名品で、恐らく他の如何なる渋柿といえども及ぶものはないだろう。

美濃国人に言わせると美濃国大垣郷蜂屋村の甚太夫という者が、後鳥羽院に干柿にして献上したところから、あの干柿を一名「堂上《どうじょう》」と称して珍重し大いに世の賞讃を博し、従ってその渋柿を蜂屋柿とさえ呼ぶにいたったというのだ。

ところが実は清和源氏の頼光の末孫が賀茂郡の守護職となり、頼朝の時代に鶴ヶ岡社参の行列にその名が見え、賀茂郡蜂屋城に拠ったところから蜂屋氏を名乗った。後鳥羽院が北条討伐の軍を起し謂うところの承久の乱にはその蜂屋氏は北条泰時の先陣をつとめて官軍を討っている。蜂屋氏の末流は十三家に分れたほど頗る発展したので、土岐氏なども蜂屋氏の分れなのである。従って蜂屋柿の名称は甚太夫以前のものでなければならない。

大垣という名称も大柿から起こったのではあるまいか。というのは美濃国でも大垣附近が一番の柿の産地だからだ。

若し美濃人が今なお蜂屋柿は蜂屋村という地名から起こったなどと思っているなら須《すべか》らく訂正してもらいたいものだ。これは誇りある美濃の守護職蜂屋修理太夫から起こった名称で、百姓甚太夫ごときの出しゃばる幕ではないのだ。

尾張の蜂屋氏は熱田大宮司族であり、下総の蜂屋氏は千葉平氏族らしいが、いずれにせよ蜂屋氏族は諸方に繁衍していったのだ。

豊太閤の時代、この蜂屋柿を献上したところ、彼は大層よろこんで柿百箇に対して米一石二斗を褒美として取らせたと伝えられている。如何に蜂屋柿が珍重されたかを知ることが出来るのだ。

想うに豊太閤が美濃、尾張、三河、駿河《するが》の間を放浪した頃、遂には夜盗に等しい野武士の蜂須賀小六に拾われた時代、この蜂屋柿を盗んで食った覚えがあったのではあるまいか。空腹に堪えかねた時に蜂屋の干柿は極楽の美味であったに相違ない。事実そのおかげで命が助かったのだ。遂に天下の太閤殿下となった時、はからずも美濃の蜂屋柿を献上され、彼はその返礼にこれほどの重賞をもってしたのだと僕は思っているのだ。でなければ如何に米の廉《やす》い時代だったとはいえ、柿百箇と米一石二斗では相場にならないではないか。

しかしながらこの挿話は、一面、大腹《たいふく》な秀吉の面影を伝えている資料として逸してはならないのだ。というのは安土城にあった主君の織田信長へのお土産は、延々数丁におよぶ行列を整えて運んだので、流石《さすが》の信長も「あの大気者の秀吉めが」と大いに嘉賞したと伝えられているのだ。秀吉の気前の好いのと、家康のケチ振りとはよく昔から比較されたものだ。実際、徳川家康という奴は箸にも棒にもかからないケチで、狡くて、助平な狸親父だが、そこへいくと秀吉の散じ方は桁はずれだった。こんな気前の好い男は日本歴史にも類例がないほどで、ある時、家康が夜話のつれづれに諸大名に秀吉に対する感想をたずねると、一人の大名が「太閤殿下は藤吉郎といった時分から人に物を与えるのが好きで、自分等が戦場で聊《いささ》か手柄を樹て今度は百石か、せめて二百石の御加増かなと考えていると、五百石か千石を給わった。人の予想外の御褒美を下されたので、あの大腹振りには何人も悦服いたしました」と答えたので、ケチな家康は黙りこんで仕舞ったという逸話がある。

太い美濃産の孟宗竹《もうそうちく》を二つに割って、その中に柿羊羹を流し込んだのは大垣の槌谷右助という菓子屋の発明だそうだ。普通の羊羹と違って、あの青い竹に流し込んだのは如何にも風流で僕が最も珍重するものだ。

というのは美濃国は竹の産地として知られ、かつて「土」の作家長塚節《たかし》がはるばると竹の栽培法を学びに筑波山麓から美濃に留学し、つぶさにその栽培法を学んだことが彼の日記に見えるのだ。そういう竹の産地なればこそあれほどの趣味ゆたかな柿羊羹が出来たわけで、美濃の柿と竹とを合理的に活用した点は見のがせない智慧と言うべきであろう。

天台院にも甘柿と渋柿が一本ずつあるが、これは自慢の種にならない。今に僕の家の柿を自慢にしたいと思っているのだ。

くだものの皮

戸板康二

中国の都市の広場や公園に置かれているゴミ入れには、「果皮箱」と書いてある。むかしは紙屑でも何でも道に散らかし放題だったという話を聞いたが、新しい中国になって、すっかり清潔になったのだ。

果皮はもちろん、くだものの皮だが、北京や上海のホテルで、食卓に最後に運ばれて来るのは、リンゴが多い。

リンゴは、歯のいい若者は、映画「モロッコ」のゲーリー・クーパーではないが、丸かじりにする。その前にちょっと上着の袖でこするのは、いきなものである。

丸かじりでなく、ナイフの話になると、私は子供のころから、家族に対しても、級友に対しても、劣等感を持ち続けて来た。

何しろ、手先がぶきっちょで、生玉子を割っても、殻の破片が小鉢に飛び散るのだから、始末がわるい。

くだものの中で、みかん、バナナ、いちじくは手先でむけるが、梨やリンゴはほとんど自分ではむかない。熟しきった桃はスーッとむけるが、固い桃や柿は苦手だった。

慶応の国文科にいたころ、父の友人で、古河の重役をしていた藤木秀吉さんという人が大変な蔵書家で、ことに演劇書は、新本も古本もことごとく持っていた。そして私に、家人不在の時でも、自由に書斎にはいって読んでいいといってくれた。

それだから、私にとって藤木さんは学恩の人だが、或る日訪ねると、食卓の上に、田舎から届いたというリンゴが沢山あって、「皮をむく練習をなさい。失敗しても、何回もむいているうちに、できるようになりますよ」と、夫人がいった。

おそるおそるナイフを借りてむいてみたが、さすがに八つか九つ失敗したあと、皮は厚くても、とにかく、私の手で、リンゴがむけたのである。初体験だった。

もっとも、その後も数十年、洋食の宴会で、デザートにくだものが出ると、バナナには手を出すが、リンゴなら、やめておく。そうして来た。

昭和四十八年に、訪中文化代表団の副団長として出かけた。

団長は土岐善麿先生で、一行の中には、瀬戸内寂聴さんもいた。上海のホテルで、或る日、夕食に、リンゴが出た。

食べるつもりはなかったが、そこにいる七人がみんなむいている。どう魔がさしたのか、私もむいてみたくなり、ナイフでその中の小ぶりなのを、四つに割らずに、くるくると、むいて行った。

しかし残ったのは、何とも形容しがたい不細工な形のものである。土岐先生がニコニコ笑いながら「戸板君は芸術家だね」といった。

そっと見守っていた人々は、この言葉でホッとしたのか、爆発したように笑った。

林檎

内田百閒

砂利場の奥の安宿に息を殺していた当時、お金がないものだから、いろんな物が食って見たくなった。稲荷鮨《いなりずし》、南京豆《なんきんまめ》、甘栗などの前を通ると気にかかった。水菓子が食いたいと思っても買えないから、店先に並んだ美しい色を眺めて通り過ぎた。

その内に、どこからかお金が這入《はい》ったので終点の停留場の前にある水菓子屋に林檎《りんご》を買いに行った。ところが、余り自分で買って来た経験がないから、値打ちの見当がつかない。いくら位のがどの位うまいか、札《ふだ》を見ただけでは解らないのである。奥の方に、別の所に包紙にくるんで、物物しく飾ってあるのは別として、店先に並べてある中でも、一番高いのは十五銭、往来のどぶ板の上まで食《は》み出した所に並べてあるのは一箇三銭である。そう云う極端な差のあるのは見ただけで大体見当がつくけれど、十銭のと十二銭のと、八銭と七銭となぞ見比べて考えて見ても、どこで区別がついているのか解らなかった。それで私は、金の有るにまかせて、値段の違うのを一つずつ買って、宿に帰ってから食い比べて見ようと云う楽しみを考えついた。

店の者を相手に、高いのから一つずつ取って貰《もら》って、それからこれ、その次はこれと買って行った。店の者は番頭位の格かも知れない、しかし無愛想で、私が指すのを不承不承に取ってくれる様子である。

その内に気がついて見ると、私の買い取った林檎が、既に四つも五つもそこに積み重ねてあって、みんな似たり寄ったりである。その中のどれが、いくらであったか、解らなくなってしまった。

それを忘れてはなんにもならないので、又その方を指さして、これはいくらのだったか、この分はどうかと聞き返した。

番頭はいくら、いくらと云いながら、何となく曖昧な受け答えをする様であった。

私は、今度は忘れない様にと思って、一つ宛《ずつ》林檎に見覚えをしようと思ったけれど、いくら見ても、どれも同じ様で、三つも四つも値段を覚えて区別する事は出来そうもなかった。

「一寸《ちょっと》、筆を貸してくれませんか」

「何をするのです」

「値段を書き込まないと忘れてしまう」

「そんな事をして、どうするのです」

「忘れるからさ」

番頭が血相を変えた様な気がした。

「人の店に這入って来て、変な事をするのは止めて貰いましょう」と云った。

今までも無愛想ではあったが、兎《と》に角《かく》客として遇していた私に、ありありと敵意を示して来た。

「何故いけない」

「なぜも糞もあるものか」

何の事だか解らないなりに、私の方でも顔色が変わる程腹が立って来た。いきなり、ぷいと店を出て、むしゃくしゃしながら、道を歩いた。

同業の廻し者でも来たかと思ったのだろう。その邪推が癪にさわって、虫が納まらないので、到頭《とうとう》その店の主人に宛てて、名前は解らないけれども、屋号を知っているから、手紙を書いて、不都合をなじった。先方はどう思ったか知らないが、私の方は、そのお蔭で電車の乗り降りの度に、いつ迄も気づまりな思いをした。

リンゴのおいしい食べ方

佐藤正午

冷蔵庫を開けるとリンゴが一個入っている。

青森産のリンゴということである。正月からずっと冷蔵庫に入れたままだ。新年の挨拶で実家に帰ったとき、母が一個だけ持たせてくれた。なんでも近所の人が「大阪の親戚からそれは見事なリンゴを送ってきたので」と自慢しながらおすそ分けに何個かくれたらしい。そのうちの一個、つまりおすそ分けのおすそ分けである。大阪の親戚から近所の人へ、近所の人から母へ、母から息子へ。僕はそのリンゴをコートのポケットに入れて持ち帰った。

青森産のリンゴがどうして大阪から送られて来るのかと、できれば詳細な経緯を聞いてみたい気もしたのだが、その点を母に確かめてもらちが明かないだろうし、新年早々、細かいことにこだわってみせるのも何だかあまり縁起が良くないような気もする。

確かに見た目に見事なリンゴだった。美しい、という言葉を思わず使ってみたくなるくらいに見事な、かたちと色とつやを兼ね備えたリンゴだった。単に、うまそうなリンゴだと言うべきなのかもしれない。

自宅に持ち帰ったそのリンゴを僕はとりあえず冷蔵庫の中に入れた。入れたまま食べるのを忘れて、四週間ほど過ぎた。一月ももう終わろうとしている。リンゴの見た目の美しさも、心なしか、衰えたようだ。でも指で押さえてみるとまだ堅い。傷《いた》んでいる様子はない。

ほぼ一カ月ぶりに冷蔵庫から取り出して、まな板の上に載せ、果物ナイフで真ん中から半分に切る。切断面を見ると腐ってはいない。新鮮な果肉といった色つやではないが、まだ充分食べられそうだ。そのことを確認して、次に、半分になったリンゴをスライスする。櫛形に、できるだけ薄くスライスする。

目をこらして、慎重に、一ミリから一・五ミリ程度に厚みを揃《そろ》えて切ってゆく。その途中で、時間を合わせて、食パンを一枚焼く。つまりリンゴをスライスし終わる頃にちょうどトーストができあがるように調整する。

なぜそんなことをしているかというと、材料がリンゴと食パン、ただそれだけ、でもなかなかいける、という料理を人に教えられて試しに作っているのである。が、その話をする前に、リンゴについてのエピソードが少々ある。

*

一月のなかばに暖かい日が何日か続いた。つい先週までは雪がちらつくほど寒かったのに、一気に気温が上昇して、三月下旬から四月上旬なみの陽気だとニュースが伝えるほどの暖かさになった。そこへ東京から編集者が新年の挨拶と仕事の打ち合わせを兼ねて佐世保を訪れた。

その編集者は風邪をひいて体調が悪かった。本人がそう言わなくても見ればわかった。われわれ地元の人間とくらべて明らかに厚着だったからだ。仕事の話を終えて、一緒に酒を飲みに寄った店で、マスターが気をつかって、レモンと蜂蜜を入れた温かい飲みものでも作りましょうか？と訊ねたくらいだった。

「ううん、ありがとう。だいじょうぶです、熱もそんなにないし」

編集者はいったんそう答えたあと、カウンターの端のほうに、脚付きの皿に盛ってある果物に目をやって、

「でも、あのリンゴをいただこうかな」

と言った。風邪とリンゴ。その結びつきからすぐに僕は、子供の頃、風邪をひくと

母がリンゴをすりおろして食べさせてくれたという遠い記憶を思い出した。およそ四十年もむかしの記憶である。その話をすると、マスターがリンゴの皮をむきながら同意した。懐かしいですね、うちの母親も同じものを食べさせてくれましたよ。

「おかげでいまだに、リンゴには健康食品というイメージがありますね」と彼は続けた。「まあ実際、リンゴは身体のためにいいんでしょうけど」

風邪とリンゴ。健康とリンゴ。もう一つ思い出した、と言って僕は英和辞典で apple をひくと必ず紹介されている諺《ことわざ》を暗唱してみせた。

An apple a day keeps the doctor away.

「一日一個のリンゴは医者を遠ざける。リンゴを食べていれば医者はいらない。この英文を中学生のときに暗記したのも大きかった。三十年以上むかしなんだけど、まだ憶えてる。おかげでいまだに、リンゴを食べるとき、これは身体にいいんだと頭の隅で思いながら食べてるようなところがある」

「よくわかります。あたしのリンゴに対するイメージも同じです」

と編集者もうなずいてみせた。それからリンゴにまつわる身内のエピソードを一つ披露してくれた。

　彼女の祖母は生前、リンゴを好んで食べていた。朝昼晩三度の食事の際に必ず、四半分のリンゴを銀杏《いちょう》切りにしたものを食べていた。デザートに食べていたのではなくて、ご飯のおかずにして、リンゴに醤油を垂らして食べていた。祖母の晩年に、たまたまふたりきりで話す機会があったので、彼女は以前から思っていた疑問を口にしてみた。

「ねえおばあちゃん、毎日まいにちリンゴにお醤油かけて食べてるけど、そんなにおいしい？」

「おいしくない」と祖母は本音をもらした。「あんなものおいしいわけがない」

　つまり彼女の祖母はリンゴが好きで毎日食べていたのではなかった。簡単に言えば健康で長生きのために、おいしくもないのを我慢して食べていたのである。彼女はこの祖母の秘密を身内の誰にも話していない。長生きした祖母が亡くなったあと、命日のたびに母が「おばあちゃんの好物だった」と仏壇にリンゴを供えているのを知っているけれども、いまさら話せないので黙っている。

　母が仏壇にリンゴを供える、というあたりはジョークっぽい喋り方だったので僕は遠慮なく笑った。笑ったあとで、彼女の祖母が健康食品としてのリンゴにそれほど（好きでもないのに毎日食べるほど）こだわったのは、ひょっとして僕が中学生のとき憶えた例の英語の諺を、若い頃に同じように心に刻んでいたからではないか、と疑問を提出してみた。そうだったかもしれないし、そうでなかったかもしれない、と編集者は笑顔で答えた。

「日本にリンゴが入って来たのは明治の初期らしいんですが、当時から、リンゴは身体のためにいいと宣伝されてたはずですよね。英語の諺だってあるわけだし。きっとその宣伝が綿々と、というか日本中のいろんな家庭で代々語り継がれて、正午さんのお母さんはリンゴをすりおろしたり、あたしの祖母は銀杏切りにして食べたり、そして正午さんもあたしもその思い出を大切にしたりと、現在までずっとつながってるのかもしれない。とにかく世代を越えて、たいていの日本人にリンゴは支持され続けている、健康にいい果物として、それは事実みたいですね」

「なるほどね」

その夜、厚着の編集者が早めにホテルに引き上げたあと、僕は独りでもう一軒寄り道をした。寄り道した店でもリンゴが話題になった。

まず、前の店での話を僕がかいつまんで紹介すると、いきなり、リンゴの香りのする焼酎があるけど飲んでみる？　と勧められたので素直にそれを注文した。飲んでみると確かにリンゴの香りのする焼酎だった。こんなものまであるのか、と不意を打たれながらも僕は編集者の受け売りをした。リンゴは健康に良い果物として世代を越えて支持されている、その証拠にこうやって焼酎の香りづけにも使われている。するとお店のママが、リンゴのいちばんおいしい食べ方を教えてあげると言う。いくらおいしくても、リンゴを煮たり焼いたりするのは面倒なので聞くだけ無駄だと答えると、煮たり焼いたりはしなくていいそうだ。試しに聞いてみた。

・材料　リンゴと食パン。
・作り方　(1)リンゴを薄く櫛形にスライスする。(2)食パンを焼く。(3)スライスしたリンゴを焼いた食パンの上に重ねて載せる。

簡単である。これが本当においしいのなら儲けものだ、と思って一応メモだけ取っておいた。メモを取るほどの料理でもないが、なにしろ酒場での出来事なので翌朝になると忘れてしまう心配もある。そのメモを生かす機会は二週間ほど経って訪れた。一月も終わろうとするある朝、目覚めると、外は小雪が舞っている。寒さに身震いして、くしゃみをして、このままでは風邪をひきそうな予感がした。何か身体のためになるものを食べなければ。冷蔵庫を開けるとリンゴが一個入っていた。

こうして話は冒頭へ戻る。

青森産のリンゴはスライスし終わった。スライスする前に皮をむいたほうがよかったのかどうか、メモには何も書いてないが、むかないほうが色どりはきれいな気がする。

あとは焼きあがったトーストの上にリンゴのスライスを重ねて寝かせて食べるだけだ。材料がリンゴである以上、健康のためにいいことは確かなのだが、このシンプルな料理が果たしておいしいのかどうか、肝心のその点はここでは書かないことにする。僕が独断で感想を述べるよりも、とにかく作り方は簡単なので、興味のある方はご自分で試してみられたほうが手っ取り早いかと思う。

佐藤正午

果物、果物、果物！

江國香織

夏は果物のたくさんある季節なので嬉しい。夕食以外は基本的に果物を主食にしているので、冬は豊富な柑橘《かんきつ》類と輸入物の熱帯果実——パパイヤとかマンゴーとか——を毎日かわるがわるたべる。一口に柑橘類といっても品種の数は夥《おびただ》しい（可憐なみかん、甘いオレンジ、賢そうな見かけで、なつかしい気持ちを誘うきんかん。果汁の豊富なグレープフルーツ、ざっくりした果肉の食感が魅力で、佇いの上品な文旦。濃い緑色の皮も美しく、完璧だと私の思うスウィーティーや、素朴な味のデコポン、清新な味の日向夏、おっとりした伊予柑。小さくて黄色く、リキュールみたいな風味のする黄金柑や、香りのいいネーブル、たっぷりと大きなメローゴールドやオロブロンコ、他にもいろいろだ）し、熱帯果実も産地によって色も味も大きさも表情も違っていて興味深い。だから毎日たべ続けても全く飽きはしないのだが、それが夏となったら——。

きざしは枇杷《びわ》だ。決定打がプラム。毎年、初物のプラムを見た瞬間に、私は夏がくることを実感する。プラムにも順番がある。まず大石早生《おおいしわせ》が店頭にでて、ソルダム、サンタローザと続く。菅野、太陽、貴陽、がきて、他にも幾つかの品種がならび、月光、秋姫に到る。勿論《もちろん》そのあいだには、さくらんぼが現れ桃が現れメロンが現れブルーベリーが現れ西瓜《すいか》が現れる。もともと秋の果物だったはずの梨も夏の途中から出始めるし、ブドウやいちじくは初夏からもうならんでいる。その上、冬のあいだ私を支えてくれていたオレンジやグレープフルーツや熱帯果実たちも、ほんとうの旬はいま、とばかりに輝かしい色鮮かさでそこに加わる。極楽とはこのこと？　スーパーマーケットの果物売場に立ち、さまざまな果物の放つ、つめたい密やかな匂いをすいこみながら、私は陶然とならざるを得ない。

けれど同時に、それは私にとって、真剣勝負の始まりでもあるのだ。

毎週末に、一週間分プラスアルファ（万が一に備えて多めに）の果物を買う。日もちのする柑橘類とは違って、夏の果物は熟《う》れたらすぐにたべる必要があり、いつごろ熟れそうかを見極めて買わなくてはならない。とはいえ私の実力では何日後という正確なたべどきまで見極められるはずもなく、「だいたい」を予測する以外にない。それでたとえば、こんなふうに買う。

熟れに熟れているもの（これは大抵ハーフカットのメロン）一つ、十分熟れているけれどまだしばらくもちそうなもの（いちごとか、いちじくとかマンゴーとか）一つ、何日もかけてすこしずつつまめる丈夫なもの（実のしっかりした大粒のブルーベリーとか、ブドウとか）一つ、常備食としての柑橘類がもし切れていればそれもすこし、それにこの時期は別枠として必ず、できるだけ熟れていないプラムと、三日後に熟れて五日後まではもちそうな桃を幾つか。

プラムと桃は言うまでもなく常温に置き、毎朝状態をチェックして、熟れたものから冷蔵庫で二時間か三時間ひやしてたべる。

自慢ではないが、私は昔から、一度に一つのことしかできないし考えられない（私のまわりの人たちは、誰もがいつでも「そのとおりだ」と証言すると思う）。けれど、こと果物に関してだけは、熟れるペースも日もちの限度もまちまちな、七、八種類の個体の状態を把握している。たとえば一週間先の昼食の誘いがあったとき、私は即座にこう思う。だめ、その日にたべ切らないとブドウが腐ってしまうし、半分だけになっているはずのグレープフルーツ（その前日に半分たべる予定だから）が、冷蔵庫に置き去りになってしまう。おそらくプラムも二つか三つ、完璧な具合に熟れているはずだし、と。それから急いで計画を見直す。前日にグレープフルーツはたべず、その分ブドウをいつもの二倍たべよう、プラムは翌日まで待って、その日に新たに熟れる分とあわせて、五つか六つたべればいい。

毎週毎週大量に買う果物を、一つも腐らせず、なおかついちばんいい状態で（ここが大事）、たべきることに私は誇りを賭けている。果物を切らさない、ということも重要なので（多少依存症気味なのだと思う）、旅行となったらさらに真剣勝負である。一週間以上の旅の場合は柑橘類か、上手くいって梨に待っていてもらうほかないのだが、厄介なのは四、五日の旅で、「暗い暗い赤になったらプラムを冷蔵庫に入れて下さい」とか、「カゴのなかの桃二つは月曜日に熟れます」とか、夫にメモを残すことになる。

そして、端から見たら「なぜそこまで？」と思われるかもしれないくらい果物に情熱を傾けてはいても、誤算はやっぱりときどき生じる。一ぺんに買っても順番に熟れるはず（個体差があるから）の果物が、見事なまでに一時に熟れることがあるし、逆に熟れると思った果物がいつまでも熟れないこともある（実際、プラムや桃のなかには最後まで熟れず、固かったり青かったりするまましなびてしまうものも稀にだがある。あれはほんとうにかなしい）。さらに、到来物というのもある。おすそわけもすることはするが、なにしろ誇りを賭けているので、できるだけ自分で消費したいと思ってしまう。たべきれない分はジャムにしたりお菓子にしたりジュースにしたりする。

時間のゆるす限り。

朝起きてすぐ、「あれをたべなくては」と思い、「もしあれが熟れていたらどうしよう」と思う。でもそれは、闘志が湧いてたちまち目がさめるような、心にも手足にもひたひたと力が漲《みなぎ》るような、充実感のある前向きな、やる気になる心配なのだった。

くだものたち

茨木のり子

杏

信濃のあもりという村は　杏の産地
多くの絵描きがやってくる　私の心の画廊にも
小さな額縁がひとつ　その中で杏の花は
咲いたり　散ったり　実ったりする

葡萄

もぎたての葡萄は　手のなかで怯える

小鳥のよう　どの袋にも紫色のきらめきを湛え
少女の美しくも短い
ある期間のこころとからだのよう

プラム

夏はプラムを沢山買う
生きているのを確かめるため
負けいくさの思い出のため　一個のプラムが
ルビィよりも貴かった頃のかなしさのために

長十郎梨

お前を手に持って村道に現れる子供
縄の帯などしめて　鼻を垂らして

無骨なお前を齧《かじ》るとほんとうに淡い甘さ
消えた東洋の昔話がさくさくとよみがえる

蜜柑

ある年の蜜柑《みかん》の花の匂うときに
わたくしもはじめての恋をした
どうしていいのかわからなかったので
それは時すぎて今も幼い芳香を放ったまま

名前を忘れたくだもの

女房を質に入れても食べるという
名前は忘れた南の木の実
そんな蠱惑《こわく》に満ちた木がどこかに生えているなんて

絶望ばかりもしていられない

著者略歴

◎いちごの贅沢　『もしかして愛だった』文春文庫より

阿川佐和子　あがわさわこ

一九五三年、東京生まれ。小説家、エッセイスト。檀ふみ氏との共著『ああ言えばこう食う』で講談社エッセイ賞、『ウメ子』で坪田譲治文学賞受賞。その他おもな著作に『負けるもんか―正義のセ』『強父論』など。

◎イチゴ　『歩くような速さで』ポプラ社より

是枝裕和　これえだひろかず

一九六二年、東京生まれ。映画監督、テレビディレクター。おもな監督作品に「ワンダフルライフ」「誰も知らない」「海街 diary」「海よりもまだ深く」など。おもな著作に『映画を撮りながら考えたこと』など。

◎いちごの風合　『ひよこのひとりごと―残るたのしみ』中公文庫より

田辺聖子　たなべせいこ

一九二八年、大阪生まれ。小説家。『感傷旅行《センチメンタル・ジャーニィ》』で芥川賞、『ひねくれ一茶』で吉川英治文学賞、『道頓堀の雨に別れて以来なり　川柳作家・岸本水府とその時代』で泉鏡花文学賞、読売文学賞（評論・伝記賞）受賞。その他おもな著作に『とりかえばや物語』『姥ざかり花の旅笠―小田宅子の「東路日記」』など。

◎さくらんぼ　『幻想植物園　花と木の話』ＰＨＰ研究所より

巖谷國士　いわやくにお

一九四三年、東京生まれ。フランス文学者、評論家。おもな訳書にブルトン『ナジャ』『シュルレアリスム宣言・溶ける魚』、おもな著作に『シュルレアリスムと芸術』『ナジャ論』『旅と芸術―発見・驚異・夢想』など。

◎決闘とサクランボ　『村上ラヂオ２　おおきなかぶ、むずかしいアボカド』新潮文庫より

村上春樹　むらかみはるき

一九四九年、京都生まれ。小説家、翻訳家。『風の

歌を聴け』で群像新人文学賞、『世界の終りとハードボイルド・ワンダーランド』で谷崎潤一郎賞受賞。その他おもな著作に『ノルウェイの森』『海辺のカフカ』『1Q84』など。二〇〇六年、フランツ・カフカ賞、二〇〇九年、エルサレム賞受賞。

◎サクランボを食べながら　『三浦哲郎自選全集　第四巻』新潮社より

三浦哲郎　みうらてつお

一九三一年、青森生まれ。小説家。『忍ぶ川』で芥川賞、『拳銃と十五の短篇』で野間文芸賞、『みちづれ』で伊藤整文学賞受賞。その他おもな著作に『野』『オランダ帽子』『愛しい女』など。二〇一〇年没。

◎枇杷　『武田百合子全作品5　ことばの食卓』中央公論社より

武田百合子　たけだゆりこ

一九二五年、神奈川生まれ。随筆家。作家・武田泰淳の妻。泰淳没後、富士山荘で過ごした日々を綴った『富士日記』でデビュー。おもな著作に『犬が星見た―ロシア旅行』『日日雑記』など。一九九三年没。

◎はっさく、ぽんかん、夏みかん　『ゆっくりさよならをとなえる』新潮文庫より

川上弘美　かわかみひろみ

一九五八年、東京生まれ。小説家。『蛇を踏む』で芥川賞、『神様』で紫式部文学賞、Ｂｕｎｋａｍｕｒａドゥマゴ文学賞、『溺レる』で伊藤整文学賞、女流文学賞、『センセイの鞄』で谷崎潤一郎賞受賞。その他おもな著作に『真鶴』『大きな鳥にさらわれないよう』など。

◎ネーブル　『食べ物連載　くいいじ』文春文庫より

安野モヨコ　あんのもよこ

一九七一年、東京生まれ。漫画家、エッセイスト。『シュガシュガルーン』で講談社漫画賞児童部門受賞。おもな漫画作品に『ハッピー・マニア』『さくらん』『働きマン』『監督不行届』『オチビサン』、エッセイに『美人画報』など。

◎夏蜜柑の花　『小沼丹全集　第四巻』未知谷より

小沼丹　おぬまたん

一九一八年、東京生まれ。小説家、英文学者、随筆家。井伏鱒二に師事。『懐中時計』で読売文学賞、『椋鳥日記』で平林たい子文学賞受賞。その他おもな著作に『村のエトランジェ』『山鳩』『清水町先生―井伏鱒二氏のこと』など。一九九六年没。

◎グレープ・フルーツ　『あまカラ』甘辛社より

戸塚文子　とつかあやこ

一九一三年、東京生まれ。エッセイスト。一九八三年、日本旅行作家協会賞受賞。おもな著作に『旅の

眼旅の耳』『日本の旅』『ヨーロッパ三等旅行』など。

◎アンズと格闘　『食いものの恨み』講談社文庫より

島田雅彦　しまだまさひこ

一九六一年、東京生まれ。小説家。『夢遊王国のための音楽』で野間文芸新人賞、『彼岸先生』で泉鏡花文学賞、『退廃姉妹』で伊藤整文学賞、『カオスの娘』で芸術選奨文部科学大臣賞受賞。その他おもな著作に『優しいサヨクのための嬉遊曲』など。

◎くだもの絶品料理　『ネオカル日和』講談社文庫より

辻村深月　つじむらみづき

一九八〇年、山梨生まれ。小説家。『冷たい校舎の時は止まる』でメフィスト賞、『ツナグ』で吉川英治文学新人賞、『鍵のない夢を見る』で直木賞受賞。その他おもな著作に『凍りのくじら』『ゼロ、ハチ、ゼロ、ナナ。』『ハケンアニメ!』『朝が来る』など。

◎ヤマモモの愉悦　『ごはんの法則』幻冬舎文庫より

酒井順子　さかいじゅんこ

一九六六年、東京生まれ。エッセイスト。『負け犬の遠吠え』で講談社エッセイ賞、婦人公論文芸賞受賞。その他おもな著作に『もう、忘れたの?』『ユーミンの罪』『子の無い人生』など。

◎桃の一番おいしい食べ方　『女ひとり　ノンキで贅沢な毎日』大和出版より

白石公子　しらいしこうこ

一九六〇年、岩手生まれ。詩人、エッセイスト。大学在学中に現代詩手帖賞を受賞し、詩集『ラプソディ』でデビュー。おもな詩集に『ノースリーブ』『レッド』、随筆に『もう29歳、まだ29歳』『ままならぬ想い』など。

◎桃　『はずれの記』角川文庫より

宮尾登美子　みやおとみこ

一九二六年、高知生まれ。小説家。『櫂』で太宰治賞、『寒椿』で女流文学賞、『一絃の琴』で直木賞、『序の舞』で吉川英治文学賞受賞。その他おもな著作に『陽暉楼』『鬼龍院花子の生涯』『錦』など。二〇一四年没。

◎夏の思い出　『お友だちからお願いします』大和書房より

三浦しをん　みうらしをん

一九七六年、東京生まれ。小説家。『まほろ駅前多田便利軒』で直木賞、『舟を編む』で本屋大賞、『あの家に暮らす四人の女』で織田作之助賞受賞。その他おもな著作に『風が強く吹いている』『木暮荘物語』『悶絶スパイラル』など。

◎地下鉄のなかで桃を食う。手も服も。身も心も。『爆発道祖神』角川文庫より

町田康 まちだこう

一九六二年、大阪生まれ。小説家、詩人、ミュージシャン。『くっすん大黒』にてBunkamuraドゥマゴ文学賞、野間文芸新人賞、『きれぎれ』で芥川賞、『土間の四十八滝』で萩原朔太郎賞、『告白』で谷崎潤一郎賞受賞。その他おもな著作に『屈辱ポンチ』『宿屋めぐり』など。

◎マンゴー、マンゴー『いつか物語になるまで』晶文社より

中上紀 なかがみのり

一九七一年、東京生まれ。小説家。『彼女のプレンカ』ですばる文学賞受賞。その他おもな著作に『パラダイス』『夢の船旅　父中上健次と熊野』『海の宮』『熊野物語』など。

◎メロン『向田邦子全集新版第七巻』文藝春秋より

向田邦子 むこうだくにこ

一九二九年、東京生まれ。脚本家、作家。「花の名前」などで直木賞受賞。代表作に「だいこんの花」「寺内貫太郎一家」「阿修羅のごとく」など。おもな著作に『父の詫び状』『思い出トランプ』など。一九八一年没。

◎西瓜の味『二階でも二階でもない夜―回送電車Ⅱ』中公文庫より

堀江敏幸 ほりえとしゆき

一九六四年、岐阜生まれ。作家、フランス文学者。『おぱらばん』で三島由紀夫賞、『熊の敷石』で芥川賞、『雪沼とその周辺』で木山捷平文学賞、谷崎潤一郎賞受賞。その他おもな著作に『燃焼のための習作』『その姿の消し方』など。

◎この夏はスイカを食べずに過ぎにけり。『閉経記』中央公論新社より

伊藤比呂美 いとうひろみ

一九五五年、東京生まれ。詩人。『ラニーニャ』で野間文芸新人賞、『とげ抜き　新巣鴨地蔵縁起』で萩原朔太郎賞・紫式部文学賞受賞。その他おもな著作に『良いおっぱい悪いおっぱい』『家族アート』『閉経記』『女の一生』『父の生きる』など。

◎西瓜の舟『上り坂下り坂』講談社文庫より

青木玉 あおきたま

一九二九年、東京生まれ。小説家。『小石川の家』で芸術選奨文部大臣賞受賞。母である幸田文の作品編纂に尽力し、岩波書店『幸田文全集』の編集委員をつとめる。おもな著作に『幸田文の簞笥の引き出し』『帰りたかった家』『底のない袋』など。

◎ぶどうの房　『村岡花子エッセイ集　腹心の友たちへ』河出書房新社より

村岡花子　むらおかはなこ

一八九三年、山梨生まれ。翻訳家、児童文学者。おもな訳書にマーク・トウェイン『王子と乞食』、モンゴメリ『赤毛のアン』シリーズ、ウィーダ『フランダースの犬』など。おもな著作に『ナイチンゲール　赤十字のおかあさん』『ヘレン・ケラー』など。一九六八年没。

◎梨の季節　『青空の方法』朝日文庫より

宮沢章夫　みやざわあきお

一九五六年、静岡生まれ。劇作家、演出家、小説家。劇団「遊園地再生事業団」主宰。『ヒネミ』で岸田戯曲賞、『時間のかかる読書　横光利一『機械』を巡る素晴らしきぐずぐず』で伊藤整文学賞受賞。その他おもな著作に『サーチエンジン・システムクラッシュ』など。

◎果物は好きですか　『まひるの散歩』新潮文庫より

角田光代　かくたみつよ

一九六七年、神奈川生まれ。小説家。『まどろむ夜のUFO』で野間文芸新人賞、『空中庭園』で婦人公論文芸賞、『対岸の彼女』で直木賞、『八日目の蝉』で中央公論文芸賞受賞。その他おもな著作に『幸福な遊戯』『かなたの子』など。

◎たまには果物の話もしよう　『わが百味真髄』中公文庫より

檀一雄　だんかずお

一九一二年、山梨生まれ。小説家、随筆家。『真説石川五右衛門』で直木賞、『火宅の人』で読売文学賞、日本文学大賞受賞。その他おもな著作に『リツ子　その愛』『夕日と拳銃』など。一九七六年没。

◎くだもの やさい　『家と庭と犬とねこ』河出書房新社より

石井桃子　いしいももこ

一九〇七年、埼玉生まれ。児童文学作家、翻訳家。『ノンちゃん雲に乗る』で芸術選奨文部大臣賞、『幻の朱い実』で読売文学賞受賞。おもな訳書にA・A・ミルン『クマのプーさん』シリーズ、ディック・ブルーナ『うさこちゃん』シリーズなど。おもな著作に『山のトムさん』『子どもの図書館』など。

◎果物の一夜　『実りを待つ季節』新潮文庫より

光野桃　みつのもも

一九五六年、東京生まれ。エッセイスト。おもな著作に「装う」ことを通して女性の人生哲学を説く『感じるからだ』『おしゃれの幸福論』『自由を着る』などと、昭和の暮らしと家族を描く『実りの庭』など。

◎子供の時の果物　『貧乏サヴァラン』ちくま文庫より

森茉莉　もりまり

一九〇三年、東京生まれ。小説家、随筆家。『父の帽子』で日本エッセイスト・クラブ賞、『甘い蜜の部屋』で泉鏡花文学賞受賞。その他おもな著作に『恋人たちの森』『贅沢貧乏』『ドッキリチャンネル』など。一九八七年没。

◎吉行淳之介氏とドリアン　『あまカラ』甘辛社より

生島治郎　いくしまじろう

一九三三年、上海生まれ。小説家。『追いつめる』で直木賞受賞。その他おもな著作に『傷痕の街』『黄土の奔流』『兇悪の門』『片翼だけの天使』など。二〇〇三年没。

◎バナナの皮　『獅子文六全集　第十五巻』朝日新聞社より

獅子文六　ししぶんろく

一八九三年、神奈川生まれ。小説家、演出家、劇団文学座創設者のひとり。『海軍』で朝日文化賞受賞。『娘と私』『てんやわんや』など多くが映像化された。食通としても知られ『食味歳時記』『飲み・食い・書く』などの随筆がある。一九六九年没。

◎小梅とイチジク　『君がいない夜のごはん』NHK出版より

穂村弘　ほむらひろし

一九六二年、北海道生まれ。歌人。『短歌の友人』で伊藤整文学賞、「楽しい一日」で短歌研究賞受賞。おもな歌集に『シンジケート』『手紙魔まみ、夏の引越し（ウサギ連れ）』など。その他おもな著作に『整形前夜』『絶叫委員会』『蚊がいる』『鳥肌が』など。

◎ラ・フランスを語る　『魚の小骨』集英社文庫より

阿刀田高　あとうだたかし

一九三五年、東京生まれ。小説家。『来訪者』で日本推理作家協会賞、『ナポレオン狂』で直木賞、『新トロイア物語』で吉川英治文学賞受賞。その他おもな著作に『冷蔵庫より愛をこめて』『旧約聖書を知っていますか』『アンブラッセ』など。

◎甘いもの　『萬月な日々』双葉社より

花村萬月　はなむらまんげつ

一九五五年、東京生まれ。小説家。『ゴッド・ブレイス物語』で小説すばる新人賞、『皆月』で吉川英治文学新人賞、『ゲルマニウムの夜』で芥川賞受賞。その他おもな著作に『笑う山崎』『二進法の犬』『希望（仮）』『信長《しんちょう》私記』など。

◎十一月　葡萄と柿　『味と映画の歳時記』新潮文庫より

池波正太郎　いけなみしょうたろう

一九二三年、東京生まれ。小説家、劇作家。『錯乱』で直木賞受賞。その他おもな著作に『鬼平犯科帳』『剣客商売』『仕掛人・藤枝梅安』の各シリーズ、『食卓の情景』『散歩のとき何か食べたくなって』など。一九九〇年没。

◎柿　『あまカラ』甘辛社より

今東光　こんとうこう

一八九八年、神奈川生まれ。僧侶、小説家。『お吟さま』で直木賞受賞。その他おもな著作に『春泥尼抄』『悪太郎』『悪名』『毒舌日本史』など。一九七七年没。

◎くだものの皮　『食卓の微笑』日本経済新聞社より

戸板康二　といたやすじ

一九一五年、東京生まれ。演劇・歌舞伎評論家、随筆家。『團十郎切腹事件』で直木賞受賞。おもな著作に『歌舞伎への招待』『六代目菊五郎』『久保田万太郎』、随筆集に『ちょっといい話』など。一九九三年没。

◎林檎　『内田百閒集成12　爆撃調査団』ちくま文庫より

内田百閒　うちだひゃっけん

一八八九年、岡山生まれ。小説家、随筆家。おもな著作に『冥途』『東京日記』などの小説のほか、『百鬼園随筆』『阿房列車』『ノラや』などの随筆も多数。一九七一年没。

◎リンゴのおいしい食べ方　『豚を盗む』光文社文庫より

佐藤正午　さとうしょうご

一九五五年、長崎生まれ。小説家。『永遠の½』ですばる文学賞、『鳩の撃退法』で山田風太郎賞受賞。その他おもな著作に『リボルバー』『個人教授』『Y』『ジャンプ』など。

◎果物、果物、果物！　『やわらかなレタス』文春文庫より

江國香織　えくにかおり

一九六四年、東京生まれ。小説家、翻訳家、詩人。『泳ぐのに、安全でも適切でもありません』で山本周五郎賞、『号泣する準備はできていた』で直木賞受賞。その他おもな著作に『落下する夕方』『神様のボート』『間宮兄弟』など。

◎くだものたち　『茨木のり子集　言の葉1』ちくま文庫より

茨木のり子　いばらぎのりこ

一九二六年、大阪生まれ。詩人。おもな詩集に『見えない配達夫』『鎮魂歌』『自分の感受性くらい』『倚りかからず』など。二〇〇六年没。

◉編集部より

本書は、著者による改稿とルビを除き、底本に忠実に収録しております。収録作品のなかには、一部に今日の社会的規範に照らせば差別的表現あるいは差別的表現ととらえられかねない箇所が見られますが、作品全体として差別を助長するようなものではないことから、原文のままとしました。

おいしい文藝《ぶんげい》

まるまる、フルーツ

二〇一六年八月二〇日　初版印刷
二〇一六年八月三〇日　初版発行

著　者
青木玉《あおきたま》、阿川佐和子《あがわさわこ》、阿刀田高《あとうだたかし》、安野《あんの》モヨコ、
生島治郎《いくしまじろう》、池波正太郎《いけなみしょうたろう》、石井桃子《いしいももこ》、伊藤比呂美《いとうひろみ》、
茨木《いばらぎ》のり子《こ》、巖谷國士《いわやくにお》、内田百閒《うちだひゃっけん》、江國香織《えくにかおり》、
小沼丹《おぬまたん》、角田光代《かくたみつよ》、川上弘美《かわかみひろみ》、是枝裕和《これえだひろかず》、今東光《こんとうこう》、
酒井順子《さかいじゅんこ》、佐藤正午《さとうしょうご》、獅子文六《ししぶんろく》、島田雅彦《しまだまさひこ》、
白石公子《しらいしこうこ》、武田百合子《たけだゆりこ》、田辺聖子《たなべせいこ》、檀一雄《だんかずお》、
辻村深月《つじむらみづき》、戸板康二《といたやすじ》、戸塚文子《とつかあやこ》、中上紀《なかがみのり》、
花村萬月《はなむらまんげつ》、穂村弘《ほむらひろし》、堀江敏幸《ほりえとしゆき》、町田康《まちだこう》、三浦《みうら》しをん、
三浦哲郎《みうらてつお》、光野桃《みつのもも》、宮尾登美子《みやおとみこ》、宮沢章夫《みやざわあきお》、
向田邦子《むこうだくにこ》、村岡花子《むらおかはなこ》、村上春樹《むらかみはるき》、森茉莉《もりまり》

編　者　杉田淳子、武藤正人（go passion）
発行者　小野寺優
発行所　株式会社河出書房新社
〒一五一－〇〇五一
東京都渋谷区千駄ヶ谷二－三二－二
〇三－三四〇四－一二〇一［営　業］
〇三－三四〇四－八六一一［編　集］
http://www.kawade.co.jp/

印　刷　株式会社暁印刷
製　本　加藤製本株式会社

ISBN 978-4-309-02495-0　Printed in Japan